あなたの一番に
なれたらいいのに

小田恒子

EB
エタニティ文庫

目次

あなたの一番になれたらいいのに

プロローグ

まただ……

今日もあの時の夢を見て目が覚めた。

和範（かずのり）と婚約をしてから、幾度となく見るようになった悪夢。

私は一体いつまでこの夢を見なければいけないのだろう。確かに、あの時のことは誰にも言わず、一人で十字架を背負う覚悟を決めたのは私自身だ。だが、自業自得とは言えいつまで苦しめばいいのだろうか。

今は真冬。部屋は凍えそうなくらいに冷え切っているというのに、私は汗だくだった。

また、いつものようにうなされていたのかもしれない。

私は布団の中からベッド横のカラーボックスに手を伸ばし、スマホのアラームを止めた。

時刻は朝の六時を少し回ったところだ。カーテンの向こう側には、まだ夜明け前の微妙な色合いの空が広がっている。

一月最終日の今日は忙しい。月末は残業が確定しているのだから、のんびり過ごしている暇はない。

私はゆっくり起き上がると、スマホの横に並べて置いていたリモコンで部屋の明かりを点けながら、そっと溜息を吐いた。

あの夏の夜の出来事を、私はずっと忘れない。たとえあなたが覚えていなくても。

湿気がじめじめと肌にまとわりつくような熱帯夜。常夜灯の光に照らされた、エアコンのよく効いたあなたの部屋。遠くで打ち上がる花火の閃光と、遅れて届く爆発音。ベッドの下に散らばった、無造作に脱ぎ捨てられたあなたの衣服。

高校時代にバスケットボールで鍛えた身体が、常夜灯の陰影で一層逞しく見えて、いつも以上にあなたを男性だと意識させられる。

ベッドの上に組み敷かれて、滴り落ちるあなたの汗を肌に受けながら、耳元で囁かれた『好きだ』の言葉。その言葉をどれだけ私が待ち望んでいたか、和範、あなたは知るはずもないだろう。

行為の最中に情熱的な愛を囁かれて、嬉しくない人がいる訳ない。

それが最愛の人なら尚更のこと。

たとえあなたの見ている相手が、私でなく双子の姉であったとしても。

私は無我夢中であなたを求めていたし、あなたもそうであったと信じている。身体を繋げたあの時だけは、あの子のことも考えられないくらいにあなたに溺（おぼ）れていた。

最後まで、私の名前が呼ばれることはなかったけれど……

それでもあの時、あなたに抱かれていた私は、あなたの最愛の人だったと思わせて欲しい。

私はあなたの一番大切な人なんだ、と。

胸の内に秘めた甘く切ない痛みを隠しながら、私はあなたから与えられる初めての快楽を貪（むさぼ）った。

行為のあと、あなたはお酒の酔いが抜けていなかったせいか、あるいは疲れ果ててしまったのか、私に覆い被さったまま気持ち良さそうに寝息を立てる。

その身体の下から身をよじって抜け出すと、私は改めてあなたの寝顔を見つめた。

その寝顔は無防備で、まるで出会ったばかりの頃のように幼く見える。

私の気持ちなんて知る由（よし）もなく、行為が終わったそのままの状態で眠ってしまったあなたの寝顔に、心の中で問いかけた。

ねえ、やっぱりあなたは、あの子のことを愛しているの？

当然ながら、返事はない。でも、そんな私に追い打ちを掛けるかのように、あなたは寝返りを打ちながら、無情にも寝言を発する。

それは、よりによって私が今一番聞きたくない名前。

「……り、……か、り」

その言葉に、私の心が悲鳴を上げる。

やめて、今はあの子の名前を呼ばないで！　お願いだから私の名前を呼んで！

そう、咄嗟に口に出しそうになるのを必死でこらえる。

抱かれたことを後悔なんてしていない。私の身体の至るところに、あなたが愛してくれた印が残っている。優しく触れてくれた手の感触が、愛を伝えてくれた唇の感触が、私の下半身にあなたが確かにいた感覚が、甘い疼きが残っている。あなたが与えてくれた熱を、私の身体が覚えている。

あなたに抱かれるなら、あの子の身代わりでもいいと思っていた。

そう望んだのは私自身だし、絶対に後悔しないと思ったから。

けれど……

欲張りな私は、やっぱりあの子ではなく私を見て欲しいと望んでしまう。

あの子の名前ではなく、私の名前を呼んで欲しいと望んでしまう。

私だけを愛して欲しいと願ってしまう。

あれから何年も経た今でも、私はあの日のことを夢に見る。

夢の中でどれだけ身体を重ねても、未だに彼と心が重なることはない。

私はあの日、姉の恋人である和範を騙して、姉を裏切らせた。

そして今もまた、私は彼を縛っている。この、身体に負った傷のせいで……

あの夢を見て目覚めたこんな日は、後悔という名の深い闇から抜け出せなくなる。そこには希望という名の光は見つからない。

それなのに、願わずにはいられない。身勝手だとわかっていても……

ねえ、お願いだから私だけを愛して欲しい。

私の心が壊れてしまう前に――

第一章　婚約者

図書館内に、閉館を知らせるメロディが流れる。

私は返却された書籍に目を通して、修繕が必要なものかどうかを選別していた。大量に積まれた書籍を一冊ずつ、その全てを確認するのは、眼への負担が半端じゃない。仕事中だけ掛けている眼鏡を外すと、ポケットの中から目薬を取り出し、両目にさした。

交通事故の後遺症で左脚の歩行に障害がある私は、書籍を所定の位置へ戻して回るような、歩いて行う作業ができない。そのため、座ってできる仕事を担当している。

「月末だから今日はいつも通り残業になるけれど、大丈夫？」

目薬をさし終えて眼鏡を掛け直していると、背後から先輩司書である坂本さんに声をかけられた。

坂本さんは四十代後半で、二児の母だ。

お子さんは中学生と高校生。そんな大きな年頃のお子さんがいるようには見えないくらい若々しいので、この図書館に赴任した当初、年齢を聞いた時にはとても驚いた。

確か下のお子さんは、そろそろ高校受験を控えている。

自身の家庭も大変な時期なのだから、毎月のこととはいえ残業などせず早く帰りたいに違いない。

現在、時刻は十八時を回ったところだ。

普段ならあと三十分もしないうちにみんな退勤するけれど、今日だけはそうもいかない。

貸出書籍の未返却者をリストアップしたり、新刊入れ替えをしたりと、月末にだけ行う業務が多数あるのだ。

みんな日中からできる範囲で業務を前倒しするけれど、図書館利用者が多いうちは作業を進めるのが難しく、結局残業することになる。

「もちろん大丈夫です」

私は笑顔で返事をする。

坂本さんは、手に持っていたペットボトルの紅茶を私に差し入れてくれた。

「婚約者さんに、連絡しなくてもいいの？」

私が作業している机の上には、修繕の必要な本が山のように積み上げられている。

その脇の台車にも、返却を受け付けただけで手付かずの書籍がまだたくさん残ったままだ。

修繕不要の綺麗な状態のものもあれば、故意に破られてしまったものや、経年劣化でページが剥がれ落ちそうになっているものもある。修繕をするか否かだけでなく、修繕方法が異なるものも選別しなければならなくて、その膨大な量に坂本さんも毎回目を丸くしている。

坂本さんから渡されたペットボトルを遠慮なく受け取ると、お礼を言って返事をする。

「お気遣いありがとうございます。月末が残業になるのは彼もわかってますから。いつものことなので、帰る時に連絡すれば問題ないです。坂本さんこそ、おうちのほうは大丈夫ですか？」

私が問うと、坂本さんも空いた席に腰を下ろし、自身が手にしているペットボトルのお茶を飲みながら答える。

「うちも今日は、夫が早く帰ってくるから大丈夫。ご飯も朝のうちに準備してきたから、あとは温めるだけだしね」

子供たちももう自分のことは自分でできる年齢だから、と言うと、ちょうど目の前を通りかかったパートの井上(いのうえ)さんに指示を出す。

そして坂本さんは、早く終わらせようね、と笑顔を見せて、自分の業務に戻っていった。

婚約者、か。

その言葉に、心が沈む。

分別を終えた私は、ページが破れた書籍の修繕作業に取り掛かりながら、そっと溜息を吐いた。

私は宮田光里(みやたひかり)、二十七歳。

この公立図書館で司書をしている。

司書とは、図書館において資料の選定から貸出、読書案内に至るまでの全般的な業務を行う専門職だ。

具体的な資格は司書と司書補の二つがあり、どちらも図書館法により国家資格に定められている。資格取得のためには司書講習の受講、または大学で必要な科目を履修することが必須である。

私は司書になるのが子供の頃からの夢だったため、大学時代に資格を取得して地方公務員試験に合格し、現在に至っている。

司書の役目は、大きく分けて二つある。

一つは資料の管理や蔵書を熟知し、利用者の目的に応じた資料の提案などをする、「利用者と資料を繋ぐ」役割。

そしてもう一つは読書活動を促(うなが)し、「人と本の距離を縮める」役割である。

つまり図書館資料のスペシャリストとして、「人」と「本」を繋ぐという目的のもと、仕事をしているのだ。

私も実際に図書館勤務の司書となり、「人」と「本」を繋ぐお手伝いができるこの仕事に誇りを持っている。

私にとって司書の仕事は全く苦ではない。

元々小さい頃から本が好きで、公務員試験に合格して運良く通い慣れていたこの図書館に勤務することができた。もし図書館に勤務できなくても出版社や書店など、とにかくなんらかの形で書籍に関わる仕事をしたいと思っていただけに、本当に恵まれている。

この図書館に在籍している司書の資格保持者は、公務員としての正規雇用されている坂本さんと私、あと数名で、残りの半数以上の職員は司書の資格を持たない二年契約のパートさんだ。

長引く不況の中、市は雇用救済措置で定期的に図書館職員の雇用募集をかけており、二年間の契約を更新しないという条件で、パートさんが採用される。

なのでようやく図書館の仕事に慣れた頃に契約が切れて、新たに採用される人にまた一から教えて……というループがここ何年も繰り返されていた。

確か来月末で、一人契約が満了し、再来月にはまた新しい人が採用される。

そんな頻繁に人材を入れ替えず、慣れた人をずっと置いて欲しいという現場の意見は、市の決定事項の前ではなんの意味もない。

坂本さんからの差し入れを飲んで一息吐こうと、私は眼鏡を外した。ペットボトルの封を切り紅茶を口にすると、疲れた身体に甘いそれが沁み渡る。眼精疲労がひどくて頭痛もするものの、そんなことを言っている暇はない。休憩を終えると再び眼鏡を掛けて、改めて台車の上に置かれた書籍に目を通し、作業を再開した。

黙々と集中して作業し、終わったものは手付かずのものとまざらないように別の場所へ置いていく。修繕が終わると書籍を分類ごとに整理して、パートさんに本棚への返却をお願いする。

他の人たちも、リストアップした未返却者に電話連絡をしたり、新刊や雑誌の入れ替えを終えたりと、なんとか終わりが見えてきたようだ。

「明日もあるし、そろそろ帰ろうか」

坂本さんの声に、残っていた職員たちは一斉に片付けを始める。

戸締りの確認や、ブラインドの下ろし忘れがないか、といった館内の点検はみんなにお任せし、私は翌朝のために閲覧用の新聞を取り外しておく。

みんながそれぞれに役割を済ませてタイムカードを打刻すると、荷物を取りにロッカー室へ向かった。

図書館に制服はないけれど、代わりにエプロンが支給されている。業務が終わった今、みんなはエプロンを外して各自ロッカーの中にしまい込む。

図書館という場所柄、ラフ過ぎてもカジュアル過ぎてもいけないので、我々は毎日の洋服選びが大変だ。

私自身は元々地味な性格ということもあり、目立つことは苦手だ。だから私のワードローブも必然的に色合いの地味な無地の服ばかりになる。

たまには明るい色のかわいい洋服を着てみたいと手を伸ばしてみても、結局は試着にも至らず、あきらめてしまう自分がいる。

そんな洋服はきっと私には似合わない。私は灯里（あかり）とは違うのだから……

灯里は私の双子の姉だ。二卵性双生児の私たちは、顔立ちこそ普通の姉妹よりずっと似ているものの、中身は正反対だった。

地味な私と、明るく社交的な灯里。

私にないものをなんでも持っている彼女は私の誇りで——同時に、ひどく劣等感を刺激する。灯里と比較されるのがいやで、ことさら明るい色、かわいらしいものを自ら遠ざけてしまうのだ。

いい加減、そんな自分がいやになる。

ロッカー室にある姿見で、今日も相変わらず地味な服装であることを再確認して、そっと溜息を吐いた。

そんな私を気に留めずみんなは荷物を取り出して、雑談をしながら通用口へ向かう。私もそれに倣って後をついていった。

周りのみんなは、いつも私の歩調に合わせてゆっくりと歩いてくれる。それを申し訳ないと思いながらも、そんなみんなの優しさについつい甘えてしまっている。

歩行は杖を突きながらになるので、デスクワーク以外の業務をするのが難しく、仕事ではどうしてもみんなに迷惑をかけてしまう。

それでも、こうやって社会復帰できただけでも本当にありがたいことだ。

公務員ならではの手厚い待遇には本当に助けられているし、なによりこういった身体になってしまった私に、事故前と変わらず居場所を与えてくれる仲間たちがいる。彼らには、本当に感謝以外の言葉が浮かばない。

勤務先がこの図書館で良かったとつくづく思う。

「光里ちゃん、お迎え来てるよ」

坂本さんの声に、顔を上げて通用口の先にある駐車場を見ると、彼の車が停車していた。

私の婚約者である滝沢(たきざわ)和範である。

身長は百七十八センチ、パッと見は線が細く見えるけれど、高校時代にバスケットボールをやっていたためほどよく筋肉質な身体だ。

ルックスも、テレビでよく見かけるイケメン俳優さんと並んでも引けを取らないくらいに整った顔立ちをしている。

「ほら、待たせちゃダメだよ。早く行って」

そばにいる坂本さん以外のメンバーも、和範に気付いたようだ。

通用口を出ると、みんなはまた明日、と挨拶をして足早に立ち去っていく。私も挨拶を返して、車のそばまで杖を突きながら、ゆっくり歩を進めていく。

いつも和範は、他の職員の邪魔にならないように図書館裏にある職員駐車場の隅に車を停車させる。なのに今日に限っては通用口に近い場所に停車して、私のことを待っていた。

もしかして、少しでも私の脚に負担がかからないように気遣ってくれているのだろうか……？　そんな期待が胸をよぎる。

こんな寒い日は特に、左脚の傷口がひどく疼(うず)いて、痛み止めの薬を飲まなければ辛い時もあるくらいだ。けれど、そのことを和範に話したことはない。

きっと偶然だ。そう思い直して、一つ溜息を吐く。

毎日朝も夕方もこのように送迎をしてくれているおかげで、図書館の職員たちは和範の顔をしっかりと覚えている。おまけにルックスもいいので、婚約したと職場に報告した日には、みんなから羨望の声が上がるくらい、和範のファンは多かった。

今では毎日の送迎もみんなが温かく見守ってくれている。

私には本当にもったいないくらい、献身的な婚約者だ。

そんな和範の献身を受けるたびに、申し訳ない気持ちでいっぱいになる。

三ヶ月前に婚約をした和範は、私と灯里の高校時代の同級生であり……私の想い人だった。

けれど、その頃の和範が付き合っていたのは私ではなく、灯里だ。

大学進学を機に和範と、そして灯里ともしばらく離れていた私は、その後の二人のことは知らない。そして数年前、私たちは交通事故をきっかけに再会したのだ。

自分に非はないはずなのに、和範は頻繁に入院中の私を見舞ってくれた。それだけでなく、私の身体に障害が残るとわかると、私にプロポーズをした。責任を取って、一生面倒を見ると……

けれどそれは愛情などではなく、きっと罪の意識からに違いない。

私が、彼の人生を壊してしまった。

だから、私には彼を愛する資格も、ましてや愛される資格もない。

和範の隣にいるべきは、私ではないのだ。

彼が見ているのは、あの子――灯里なのだから。

コツン、コツン、と夜の静寂に、私の杖の音が響いている。

和範は車の中でスマホを操作しており、私に気付いていないようだ。

もしかして、スマホでやり取りをしている相手は、灯里だろうか……?

せっかく和範に会えて嬉しいと思う気持ちが、和範の行動一つで沈んでしまう。

和範の乗るセダンの窓を軽くノックすると、音に気付いた和範がこちらを向き、スマホを座席に放置して、わざわざ運転席から降りてこちらへ向かってきた。

「遅くまでお疲れさま、光里ちゃん」

いかにも『待ち侘びてました』と言わんばかりの極上な笑みを浮かべて助手席のドアを開けると、私から杖とバッグを受け取り、それらを後部座席へ置いて私を助手席に座らせる。

傍(はた)から見れば、愛されているように映るだろう。

だが、確かに大事にはされていても、そこにあるのは恋人のような甘さではない。ただ、自分が障害を負わせた相手に対する気遣いだけだ。

和範は私が助手席に座ったのを確認してから車のドアを閉め、運転席へ戻る。

運転席に放置されていたスマホをポケットにしまい込む姿を見つめていると「会社の人からだよ」と優しく返された。

お互いシートベルトを締めたのを確認し、和範は胸のポケットに仕舞っていた眼鏡を掛け直して静かに車を発進する。

日常生活では問題ない程度の視力だというけれど、運転時には眼鏡を掛けている。正統派なイケメンは黒縁眼鏡がよく似合う。これ以上女性ファンが増えたらどうしよう、と内心では心配するものの、それを顔に出すことができないでいる。

「ご飯、まだだよね？」

考え事をしてうわの空の私は、和範に話しかけられてビクッとしてしまう。

「あ……、ごめん。なにかな？」

「晩ご飯、まだ食べてないかなと思って」

時刻は二十一時二十分、もちろん残業中に食事をとる時間なんてない。

口にしたのは、夕方坂本さんから差し入れてもらった紅茶だけだ。

「うん、まだ」

私の返事に、和範が食事の提案をする。

「時間も時間だけど、よかったら軽く食べて帰らない？」

和範はハンドルを握ってまっすぐ前を向いている。過去の事故のこともあり、運転には細心の注意を払っているのがわかる。

もしかして和範は夕飯も食べずに私を待っていてくれたのだろうか。もしそうだとしたら申し訳ない気持ちでいっぱいになる。

……いや、和範だって仕事が忙しいから終わった時間も遅かったのかもしれない。私のために食事をせずに待っててくれていた、だなんて自惚れてはいけない、余計なことは口にしないほうがいいだろう。

「うん。……でも今日は疲れてるから、このまま家に送ってもらっていいかな？」

本当は、一緒にご飯を食べに行きたい。こうやってもう少しそばにいたい。

でも口から出る言葉はそんな心とは裏腹だ。

どうしても、灯里のことを考えると和範に対して一歩引いてしまう。

私が和範といて幸せそうにしていたら、灯里の笑顔を曇らせてしまうのではないか。

そう思うと怖くなる。

それでも、和範への想いも止められない。和範と灯里への気持ちの板挟みで、どうすればいいのかがわからない。だからいつも、逃げる道を選んでしまう。

そんな私の気持ちなんて知らない和範は、いつもあっさりと騙される。

「そっかぁ。疲れてるのに無理はさせられないいな。じゃあ、今度早番の時、晩ご飯食べに行こうね」

「うん、そうだね」

いつだって私に対して優しい和範。それに対して心の中で謝る私。

いつも優しく次の約束をしてくれるのに、私はそれを守ることができないでいる。和範も忙しい時間を割いて送迎の時間を作ってくれているから、当然業務にしわ寄せが出てしまっているのだろう。

だから送迎以外では仕事を優先できるように、私から約束を取り付けることはない。いつも、和範のほうからこうやって色々と提案してくれるけれど、私はそれに従うように見せかけて、最終的には流れるように仕向けてしまうのだ。

自分でもひどいことをしている自覚はある。

そんなことで、灯里と和範に対する懺悔になるとは思えない。それでも、自分だけが和範と二人で楽しむことなど、許される気がしなかった。

おそらく私の態度を見て、和範も薄々は気付いているのだろう。私が姉に遠慮していることを。

私の二卵性双生児の姉であり、和範の最愛の人、灯里。

本当なら、和範の婚約者としてこの席に座って幸せに微笑むのは、彼女のはずだ。

私の和範への想いは、大学生だったあの日、断ち切ったはずだった。

それなのに、私たちの関係は、あの事故で大きく狂ってしまった。

あれは三年前——正確に言えば二年と三ヶ月前の十一月七日、水曜日。

あの日私は仕事を休んで、久しぶりに日中の公園へ散歩に出かけていた。

公休日は基本的に週二日のため、月曜日の休館日ともう一日休日を選べる。私は木曜日を公休日にあてていた。

だからこの日の休みは、公休とは別に事前に申請して取得したものだ。俗にいう有給休暇である。規定で取得しなければならない公休と違い有給休暇はなかなか取得しづらくて、体調を崩した時くらいにしか消化していなかったけれど、今回は特別だった。

この日は三歳年上の父方の従姉(いとこ)であるなっちゃん——宮田奈津子(みやたなつこ)の結婚式が近く、挙式披露宴で着る洋服を買うため、灯里とランチも兼ねて一緒にショッピングモールへ行く約束をしていたのだ。

朝から天気も良く、私は爽やかな秋の風を感じながら、公園にある東屋(あずまや)のベンチに座って読書を楽しんでいた。

それは職場である図書館で借りた本ではなく、先日書店で購入したもので、大きな文学賞を受賞した作家の新作だ。

館内では新刊をすぐ入荷しないため、どうしても早く読みたいと思った本は、入荷前に自分で購入する。

メディアでの前評判や書店の手書きPOPに惹かれて読むのを楽しみにしていたその作品は、やはり私の期待を裏切らなかった。

読み手である私を、本の中の独特な世界にグイグイと引き込んでいく。

読書をしていると、集中してしまって時間があっという間に過ぎていく。

だからスマホのアラームをつけて、約束までの時間を忘れないようにしていた。

このあと灯里のランチタイム出勤後にお店にお邪魔してご飯を食べてから、ディナータイムまでの空いた時間、一緒に買い物をする予定だ。

灯里との買い物は、いつも食器や調理器具、書籍といった、お互いの趣味や仕事に関わるものばかりだったので、洋服を買いに行くというのは非常に珍しいことだった。

隣県の大学に進学して四年間実家を離れていたし、長期の休みは将来の奨学金返済資金に充てるためにバイト三昧だった私は車の免許を持っていなかった。だから就職でこちらに帰ってから、出掛ける際にはなんだかんだと灯里に付き合ってもらっている。

『今日の賄(まかな)いは、オムライスを作るね。だから必ずお店に迎えに来てね』

出かける時に、灯里から言われた言葉だ。

オムライスに釣られる私も私だけれど、料理人である灯里の料理は本当に美味しい。

ふわふわの卵はもちろん、中のチキンライスも他の人には同じ味を再現することはできない絶品だ。

灯里は幼少期から料理を作ることが大好きだった。

美味しいものをみんなが幸せそうに食べるのを見たい、という思いから料理人を目指し、高校卒業後は調理師の免許を取得するために専門学校に進学した。

そして、専門学校卒業後に地元の料亭の調理場で修業を積んでいたところ、流行りのダイニングバーを経営する知り合いにスカウトされ、現在に至る。

オーナーの奥さんが調理師専門学校時代の同級生だということもあり、気心知れた相手がビジネスパートナーでやりやすいと、転職当時私に話をしていた。

和、洋、中、なんでも器用にこなす灯里は、きっと料理人として店側に重宝されるのだろう。

灯里の勤務するダイニングバー『彩(いろどり)』は、元々夕方からの営業だけだった。

それが常連さんから『灯里ちゃんの作るランチが食べてみたい』とのリクエストがあり、お試しで数日限定のランチタイム営業をしたところ大盛況だったということで、現在は月火水の週三日、灯里がお昼の担当で営業している。

他の曜日はオーナー夫妻が調理担当なのだが、灯里の担当日との売り上げが全然違うとボヤいているそうだ。

お店の人気や評判は、オーナーの人柄もあるけれど、やはり料理人である灯里の腕によるところも大きいのだろう。

ランチメニュー限定のオムライスが飛び抜けて人気で、灯里以外の人が作ろうものなら、なにかが違うと誰もが口にするのだという。

そのおかげで近頃は灯里が担当する日に限り食数限定の『魔法のオムライス』という特別メニューとして売り出しているそうだ。

お店は噂を聞きつけたお客さんでにぎわいを見せている。

灯里は調理器具にもこだわりがあるので、きっとそれも味に大きく影響しているのだろう。

でも決して灯里は、それを自慢したり鼻にかけたりしない。『料理人として当たり前のこと』なのだそうだ。

灯里曰く、愛情を込めて作っているから一味違う、ということらしい。

私と灯里は双子なのに、私には料理の才能がない。当然のことながら私は専門の知識もないし、調理師の資格だって持っていない。プロじゃないのだから、そこまで気にしなくてもいいとはわかっているけれど、やはり灯里が器用に料理を作るのを間近で見ているだけに、どうしても自分で料理をする時は、つい灯里と比較してしまう。

その度に、私と灯里の違いを思い知らされる。

私たちは二卵性双生児ではあるけれど、髪型以外で見分けが付かないくらいにそっくりだったので、小さい頃から見た目の区別をつけるために、灯里は髪を伸ばし、私は長い時でも肩につくかつかないかの長さのミディアムボブにしていた。

灯里の髪の毛は少し癖があり、パーマをかけているみたいな緩いウェーブが出る。

灯里はうねりがあるからスタイリングし辛いしいやだと言うけれど、ふんわりとした雰囲気が灯里にぴったりだと私は思う。

対する私はサラサラストレートで、癖がつきにくいために色々とアレンジしてもすぐに元通りになってしまう。

ちょっとした髪質の違いでも、灯里のふわふわなロングヘアーはかわいらしく華やかで、私のまっすぐで硬い髪は地味なだけでなく、まるで私の融通の利かない性格を表しているようだった。

華やかな灯里と地味な私。

双子だからと物珍しく見られることもあったけれど、近年は似ていると言われることも少なくなった。

私はそれが嬉しい。

灯里は、似ていると言われなくなって淋しいと言うが、果たして本心はどうだろう。

そんな思考は、スマホの振動に止められた。十三時半に設定したアラームだ。

私は本にしおりを挟むと、スマホのアラームを止めてそれらをバッグに仕舞い込み、東屋のベンチから立ち上がった。

灯里のランチタイム出勤が終わるのは十四時。今からお店に向かえば、充分間に合う時刻だ。

お腹が空いた私は、灯里の作ったオムライスを食べるためにダイニングバーへ急いだ。

公園を出ると、ちょうど信号が青に変わったところで、私は道路の左右を確認してから足早に横断歩道を渡った。

ビジネス街を歩きながら街路樹に目を向けると、イチョウの葉が黄金色に輝き見頃を迎えていた。

秋らしい澄んだ空気が肌に心地よい。空も一段と高く雲一つない、いいお天気だ。

そしてまた信号に差し掛かる。

ここでも信号は青だった。

横断歩道を渡っていると、停止線の先頭に白いセダンが信号待ちをしているのが視界に入る。その直後、その車の後方から物凄い音が聞こえて、思わず私は足を止めてしまい……。

玉突き事故だった。後ろで起きた追突の衝撃で押し出された先頭の白いセダンに、私は轢かれてしまった。

奇しくもこの日は、私たち双子の、二十五歳の誕生日だった。

当然なっちゃんの結婚式、披露宴への参列は叶わなかった。でも、私のせいで家族全員が欠席する訳にはいかないので、私を除く両親と灯里にはきちんと参列してもらった。私も心ばかりのお祝いとして、新郎新婦宛てに祝電とお花を贈った。

事故の時の記憶は、頭を強く打ち付けたショックで、皆無に等しい。

だから私を轢(ひ)いた車の運転手が、よりにもよってあの滝沢和範だったことを、お見舞いに来た彼に謝罪されるまで、私は知らなかったのだ。

事故のことは、現場の目撃者や、近くのコンビニに設置された防犯カメラ、事故に巻き込まれた和範や他の人たちのドライブレコーダーから、後方のトラックの運転手が運転を誤ったことが原因だと明らかになった。

和範の車は、信号待ちの停止中でアイドリングストップ状態、ましてや先頭車両のため、過失はない。

だというのに和範は、私を巻き込んでしまったことに責任を感じたらしい。私がＩＣＵから一般病棟に移り、面会の許可が下りた日から、毎日お見舞いに来てくれるようになった。

本の虫である私のことを考えて、眼精疲労対策にとアイマスクや目薬、少しでも病室でリラックスできるようにとアロマグッズを差し入れてくれたり、リハビリが始まれば、元バスケ部のキャプテンだった経験を活かして、脚に負担がかからないようにとテーピングをしてくれたり。

和範との再会がこんなかたちになったことに、私は驚き戸惑ったけれど、高校以来、久しぶりに彼とちゃんと向き合うことができて、嬉しかったのもまた事実だ。

気がかりなのは、灯里のことだった。灯里は高校時代に和範と付き合っていた。

その後、二人がいつまで付き合っていたのか私は知らないけれど、少なくとも私が大学進学で実家を出たあと、就職を機に戻ってきた時にはもう灯里は誰とも付き合っていないと言っていたし、和範と会っているという話も聞いたことがない。

二人の様子を見ても、久しぶりの再会だったのは間違いないだろう。

けれど、もしかしたらこの再会をきっかけにもう一度よりを戻す……ということもあるのではないだろうか。そう思うと、胸が痛む。

事実、灯里は私が和範と一緒にいるのを見ると、あとから決まってなにか言いたそうな素振りを見せるのだ。

一方、和範は毎日欠かさず私の様子を見に来ては、甲斐甲斐(かいがい)しく世話をしてくれる。

和範にはなんの責任もないというのに。

私がいることで、二人の邪魔になってしまっているのではないか、そして、このままでは私の怪我のせいで、和範の人生を縛ってしまうことになるのではないか。和範がいてくれることの嬉しさと、二人への申し訳なさで、私はどうしたらいいのかわからなくなっていた。

医師から、私の左脚に歩行障害が残ることを告げられたのは、私がICUから一般病棟に移ってすぐの時だ。

私はそのことを和範の耳に入れたくなかった。和範がそのことを知れば、気に病んでしまう。下手をすれば、この先の一生をかけて償う、なんて言い出してしまうのではないかと恐ろしかったからだ。

だから私は、少しでも不自由をなくしたくて、リハビリを誰よりも頑張ろうと心に誓った。

偶然にも私のリハビリを担当してくれる療法士さんが、中学時代の同級生である藤本(ふじもと)くんだったことも大きな要因だ。

藤本くんこと藤本翔太(しょうた)は、私の初恋の相手だった。

小学校の頃からリトルリーグに所属している野球少年で、他校との練習試合でグラウンドに上がる姿を見て、格好いいなと意識したのがきっかけだった。

　中学三年の、最後の総体前に肩の怪我で野球の道をあきらめざるを得なくなった彼を励ましたくて、私はリハビリに関する本を必死になって探した。それを渡して告白するつもりだったのだ。

　しかしそんな時、突然灯里に藤本くんのことが好きだと告げられた。

　恋心を自覚した矢先の出来事に、私の頭の中は真っ白になり、私も藤本くんのことが好きだ、なんて言い出せなかった。言える訳がない、藤本くんは一人しかいないのだから。

　灯里が好きだというのなら、私は欲しがってはいけない。

　結局私は自分の気持ちを明かせないまま、「一人じゃ不安だから、二人で一緒にプレゼントを渡さない？」という灯里の提案に乗ることになってしまった。

　私はリハビリの本を、灯里は手作りのお菓子を用意して、一緒に手渡した。そして灯里がその場で藤本くんに告白をして、藤本くんもその灯里の告白を受け入れたために、私の初恋は呆気なく終わってしまった。

　蓋を開けてみれば藤本くんが好きなのは灯里で、はじめから私の出る幕などなかったのだ。私はただ二人を祝福するだけの道化師（ピエロ）と化していた。

　しかし、付き合い始めた当初は順調だった二人も、受験が近くなるといつの間にか別れていた。そのことを聞いた私の心は複雑だったけれど、それについてとやかく口を挟むことはできず、ひたすら傍観者に徹した。

野球の推薦入学の道を断たれた藤本くんは、そのあとかなり勉強を頑張って県内でも屈指の進学校に実力で合格した。中学を卒業してから会っていなかったのだけれど、それがまさか病院で再会することになるとは思ってもみなかった。聞けば、なんと私がプレゼントしたリハビリの本の影響を受けて、今の職に就いたのだという。現在は理学療法士と作業療法士の資格を取得し、私が入院していた病院に勤務していた。

私が入院中からリハビリもずっと担当してくれて、私の自宅をバリアフリー化するリフォームに関しても、藤本くんが色々とアドバイスをくれた。

私のように怪我をして身体に障害が残ってしまう人も多いらしく、理学療法士と作業療法士の両方の資格があると、総合的に色々とアドバイスができるからと複数の患者さんの担当を請け負っているのだという。そのため藤本くんの仕事はかなり多忙だ。

私の場合は日常生活で必要な基本動作のリハビリになるので理学療法の対象となるけれど、作業療法士の資格があると、躁鬱病や摂食障害などの精神障害の患者さんもリハビリの対象になるらしく、私は時々メンタル面でもお世話になっている。といってもカウンセリングのようにきちんとした時間を設けるのではなく、雑談のように話を聞いてくれるだけで、特別なことをしてもらっている訳ではない。

でも、これだけでも全然違う。

退院して以降も、リハビリで通院するたびに、私は藤本くんに色々と相談をしていた。

藤本くんはとても聞き上手なので、私の中で抱え込んでいたことをゆっくりと、無理なく引き出して寄り添ってくれる。だから、入院中からずっとお見舞いに訪れてリハビリの手伝いすら買って出てくれた和範のことも、見ていてなにかしら感じるものがあったのだろう。

何気ない会話から和範への思いもある程度話しており、色々と私の愚痴を聞いてもらっていた。

藤本くんは、私の心の負担になることはなにも言わずに、ただ私の気持ちに寄り添って聞いてくれる。藤本くんが話を聞いてくれたからこそ、こうやって私も落ち着いていられるのだと思う。

それでも、灯里と和範のこと……和範が愛しているのは私ではなく灯里なのだということまでは、話せずにいた。昔の話とはいえ、かつて灯里を好きだった藤本くんにそれを相談するのは、悪い気がしたからだ。

だから、和範に対する悩みの根本的なところは、誰にも相談できないままだった。

私は、自分の脚に障害が残るかもしれない、ということを退院するまで和範に打ち明けられなかった。

そもそも、自分自身そのことを信じたくなかったのだ。

医師からの宣告だって、リハビリを頑張れば覆(くつがえ)るかもしれない。

奇跡が起こるかもしれない。

なにより、いつも仕事が終わってから病院に顔を出してくれる和範の負担をこれ以上増やしたくない。

その思いで、リハビリを頑張った。

傍(はた)から見ればきっと鬼気迫るものがあっただろう。

でも結局は、なんとか杖を突いて歩けるまでに回復したものの、私の左脚には医師の宣告通りに障害が残ってしまった。

ほんの数メートルだって自分の脚だけでは歩けないし、当然ながら走れもしない。

私はこの事実を受け入れるしかなかった。

いくら内緒にしていても、私の脚に障害が残ってしまったことは、退院後も杖を手放せない私の姿を見れば誰の目にも明らかだった。

そして事故からちょうど一年たった日、その時は訪れた。

私は和範からプロポーズをされたのだ。

私にとってプロポーズは、人生で一番嬉しい瞬間になるはずだったのに、そこにあったのは絶望だった。私のこの怪我のせいで和範の人生を大きく変えてしまったのだ。

この脚に後遺症が残ってしまったために……

「その脚のこと、僕に責任を取らせてほしい。これから僕が、光里ちゃんの脚になる。一生、君を支えていきたい。だから、僕と結婚してください」

リハビリの帰り道、自宅に送ってくれた和範に突然告げられた言葉。

誕生日に、ずっと好きだった人からプロポーズをされたのだ。

嬉しくないはずがない。

だって、私の一生を支えていくなんて、これが普通の恋愛を経たプロポーズだったら、私は泣いて喜んで素直にその言葉を受けていたに違いない。

でも私にはできなかった。私は知っていたのだ、その言葉が心からの愛情によるものではないと。

和範は私の怪我の責任を取っているだけ。

私は気付いてしまった。

和範は、高校時代からずっと、灯里を想い続けていたことを。

そして灯里も、事故で和範と再会してから、あの頃の恋心に再び火が灯ったのだと。

灯里は普段通りに振る舞っているつもりでも、和範がそばにいると彼を意識しているのが私には伝わっている。

他の人にはわからなくても、小さな頃から一緒に育ってきた私だからこそわかることだ。

灯里は、私と和範が一緒にいる時は、決まってあとでなにか言いたそうにしていた。

そんな様子から、私の事故で和範と再会したことをきっかけに、よりを戻したくなったのではないかと思ったのだ。二人の過去にどのような歴史があるのかなんて私は知らないから、憶測でしかないけれど。

だからこそそんな二人の邪魔はできなくて、私は自分の心の中を見ない振りをして、和範のプロポーズを断った。

でもそれからも、和範は根気強く何度も私のタイミングを見計らってプロポーズしてくれた。その都度私は断り続ける。結局、同じやり取りを繰り返したのかわからなくなるくらいプロポーズされ続け、最終的に私が折れる形で受け入れたのが、最初のプロポーズから一年後。今からおよそ三ヶ月前のことだ。

それから現在に至る。

私が最初にプロポーズをされた日から、灯里はそれまでの、私たちになにか言いたそうな素振りをしなくなった。

もしかしたら、灯里に和範への想いをあきらめさせてしまったのかもしれない。

灯里にしか、灯里の気持ちはわからないけれど……

婚約するに当たり、和範は、私に名前を呼び捨てするように言った。

それまでずっと『滝沢くん』呼びだった私は、突然の申し出に戸惑いを隠せない。

なので、急にどうして？　と聞いてみた。

和範は、みんなが自分のことを『カズ』と呼ぶから、婚約者である私にだけは違う呼び方をされたいのだという。

「呼び捨てだなんてとんでもない。カズくんじゃ駄目なの？」

と、聞いてみるものの、なんだか照れるからと却下され、『和範』と呼ぶことになった。

名前を呼び捨てにするのはなんだか特別な許可をもらったみたいで、戸惑い半分、嬉しさ半分の複雑な思いだ。

灯里ですら呼んでいない、私だけの特別な呼び方で彼を呼べるなんて、本当は嬉しいに決まっている。

周りの人たちに、彼のことを呼び捨てにして偉そうだと思われないか不安だったけれど、それは杞憂に終わった。

和範の周りの人たちは、私たちを温かく見守ってくれている。婚約したてのラブラブな期間で羨ましい、なんて冷やかされたこともあるくらいだ。

でも和範の名を口に出すたびに、どうしても灯里の顔が頭に浮かぶ。

それに、未だ和範は私を『光里ちゃん』と呼んでいる。

出会った頃と変わらない、丁寧というより、他人行儀な呼び方……

過去の経緯を思い出しながら車窓をぼんやりと眺めていると、車はいつの間にか私の自宅前に到着していた。

灯里はこの時間、ダイニングバーに出勤しているので、我が家の車庫は車一台分の駐車スペースが空いている。

和範はそこに車を停めると、私の荷物を降ろして助手席のドアを開けてくれた。

一月最後のこの日は、朝から寒さの厳しい日だっただけに、夜になった今はますます、開いたドアから入ってくる風が冷たく感じる。

暖かい車内から一歩外に出るだけで、肌を突き刺すような冷気が全身を覆った。

「いつも遅くまで待たせてごめんね」

今さらながら、残業で待たせてしまったことを詫びると、和範はなんてことはないといった表情で私を見つめる。

「月末だし、忙しいのはわかってるから大丈夫だよ。それに、こんな僕でも頑張ってる光里ちゃんの役に立てて嬉しい」

駐車場の陰、人目に付かない場所で、私たちはそっと唇に触れる程度のキスをする。

婚約をしたのだから、こうやってキスをされることは当たり前になってきたけれど、どうしても、灯里のことが頭をよぎる。

本当に、和範のそばにいるのは私でいいの？

私の表情を見て、和範は広い胸に私をそっと抱き寄せる。

「今日は遅くまで頑張ったんだから、ゆっくり休んで。明日からまた頑張ろう」

和範の胸の鼓動を感じて、その優しさに触れながら、私は泣きそうになるのをぐっとこらえた。

うん、と頷くと、和範は私の手を取り、玄関前までゆっくりとエスコートしてくれる。

バッグの中から鍵を取り出して開錠しようとした時、家の中から物音が聞こえ、玄関のドアが勢いよく開かれた。

「おかえり、光里。和範くん、いつもありがとうね。もし晩ご飯まだだったら、うちで一緒に食べていかない？」

玄関から出てきたのは母だった。和範は母のお気に入りだ。おそらく、車庫に和範の車が入ってきたのがリビングから見えたのだろう。

先ほどのキスはリビングから陰になる場所だったので、母に見られてはいないはずだけれど、それでもやはり恥ずかしい。

「こんばんは、お義母(かあ)さん。せっかくのお誘いなんですが、僕も明日が早いので今日はもう帰ろうと思います」

和範はそう言って、母の提案をやんわりと断った。先ほど和範の誘いを、疲れているからと断った私を気遣ってのことだろう。

「え？　そうなの？　そしたらご飯はどうするつもり？　お腹空いてるでしょう」

母は驚いて私たちを見つめている。

私は、小さく頷くことしかできなくて、和範は困ったなぁと苦笑いしている。

「それなら尚更のこと、ちょっとだけでも上がって！　お弁当詰めるから。ほら、寒いから光里も早く中に入りなさい」

母に押し切られて、私たちは一緒に家の中に入った。

母は手早く来客用のスリッパを用意して和範に履かせると、急いでキッチンへと向かう。

私も玄関脇に置いたスツールに座って靴を脱ぎ、スリッパに履き替えた。

杖は屋外用と室内用を使い分けており、家の中ではスツールの傍らに立てかけてある室内用のものを使っている。杖も携帯に便利な折り畳み式のものや色々な長さのものがあり、もはやちょっとしたコレクションだ。

使い心地がそれぞれに違うため、現在愛用している杖に出会うまで、何本も購入した結果がこれである。もし両親が老後に杖を使う機会ができたなら、この中から活用してくれればいいのだけど。

私がスツールから立ち上がるまで、和範はそばで待ってくれている。

その心遣いが嬉しいのに、反面胸が苦しくて、天邪鬼な私はまっすぐ顔を見てお礼すら言えない。

「ありがとう」

和範のほうは見ずに、そう小さな声で呟いた。

そんな私のことを、和範はどう思っているのだろう。和範は私のバッグを持って、反対の手で私をそっと優しく支えてくれる。

リビングのドアを開けると、キッチンでは早速母が鼻歌を歌いながらお弁当を詰めていた。

使い捨て用のフードパックに、今日の夕飯のおかずであろうハンバーグ、卵焼き、ポテトサラダ、葉物野菜を詰め、おにぎりを握っている。

「今日のおかずは、灯里が作ったから美味しいわよ」

母のその言葉が、私の心に小さな傷をつける。和範はきっと、帰宅したら最愛の人の手料理を喜んで綺麗に平らげるだろう。

「やった。プロの料理がタダで食べられるなんてラッキーです」

メンタルの弱い私は、和範の無邪気な返事にまたもや心が苦しくなる。

私の心に、再び小さな傷がついた。

「でしょう？　私の作る料理より美味しいから、参っちゃうわ」

「灯里にもお礼、伝えてください」

「もちろんよ」

母と和範のやり取りに、私の心は三度小さな傷がつく。

その呼び方だ。

私は『光里ちゃん』で、灯里は『灯里』と呼び捨て。

高校時代から二人は同じ商業科のクラスメイトで仲が良く、おまけに当時付き合っていたのだ。だからその距離の近さは仕方ないのかもしれない。

でも、今の私は仮にも和範の婚約者だ。なのに物理的な距離感も心の距離感も、婚約前となんら変わらない。

しかも決定的なことに、私は和範から一度たりとも『好きだ』と言われたことがない。

だから余計、婚約者という肩書きに違和感を覚えてしまうのだろう。

母と和範の和やかな空気に水を差すようなことはしたくないので、私は一人そっと洗面所へ手洗いうがいをしに向かった。

洗面所から出ると、母に弁当を詰めてもらった和範が帰宅しようと、ちょうど廊下に出てきたところだった。

「じゃあ、帰るね」

いつも通りの穏やかな口調で、和範は私に声を掛ける。

その手は、母が詰めたお弁当を大事そうに抱えている。

　それを見るだけで、なんだか胸が締め付けられそうになる。

「うん、いつもありがとう。気を付けて帰ってね」

なので私はその包みを見ない振りをして、玄関のホールまで見送りに出た。

　本当なら玄関先まで出て車が見えなくなるまで見送りたいけれど、脚に負担がかかるからと制されて、いつもここまでだ。

まるで、ここに二人をへだてる見えない壁が立ちはだかるかのように思える。

和範は、帰ったら連絡すると言って玄関を後にした。

ドアが閉まると、和範が帰ってしまって淋しい気持ちと、灯里に嫉妬してしまういやな気持ちと、自分の思うように動けないもどかしさ、色々な感情が入り混じって、自己嫌悪に陥る。

　しばらく立ち尽くしているとリビングから母の呼ぶ声が聞こえてきたので、私は玄関ドアの鍵をかけてから、杖を突いてリビングへ戻った。

「ほら、早くご飯食べなさい」

母に促されるまま、私はダイニングの椅子に座る。

「もう、なんて顔してるの。そんな顔するくらいなら和範くんに『泊まっていって』くらい言えば良かったのに」

　婚約者なんだから、と笑いながら母は言う。

でも、私が素直に気持ちを伝えたところで、和範はきっと今までの私と違う言動に戸惑うだけではないだろうか。

それに、もし仮にお泊まりを提案したとして、和範が灯里と一つ屋根の下にいるという状況に、果たして私は耐えられるのだろうか。

それは無理だ。きっと耐えられない。

それなら今日みたいに帰ってもらったほうがいい。

和範と灯里が顔を合わせないうちに……。

灯里の作ってくれた夕飯を、時間が遅いからと量を控え目に食べ、お風呂に入りなさいと言う母の声に従って部屋へ着替えを取りに行った。

私の怪我がきっかけで、この家は大々的なリフォーム工事を行った。そのリフォーム工事を請け負ったのが、和範の実家である滝沢建設だ。

私の入院中、和範のお父さんがわざわざうちにまで足を運び、息子の車で怪我を負わせたのだから無償で工事をさせて欲しいと言ってくれたのだという。

でも、私の両親も、材料費や人件費だけでもきっと結構な金額になるはずだからと言って、譲らなかった。

両者の話し合いの結果、市場の相場よりもかなり格安で工事をしてもらう、というところに落ちついた。

両親は、『いずれ自分たちにも必要だから』と、家の中の至るところに手摺を付け、バリアフリー対応をしてくれた。その監修をしてくれたのは、藤本くんだ。

それらは全て、私が入院中に行われていたことだったので、退院して実際に自分の目で確かめて驚いたのを、今でも覚えている。

階段の昇降が辛いので、私の部屋は二階の日当たりのいい部屋から、一階にある父の書斎として使っていた六畳の洋室に移動した。

本当ならリハビリも兼ねてそのまま慣れた部屋で過ごしたほうがいいのだけど、どうしても荷物を持って階段の昇降ができなかったので、父にお願いして部屋を取り替えてもらった。階段昇降の練習は、在宅時に時間を決めて毎日行っている。

和範も階段の昇降や段差に関してはかなり神経質になっており、私と出掛ける時は、できるだけ段差のないバリアフリーの場所を事前に調べているようだ。

職場の送り迎え以外ではまだそんなに一緒に出掛けることはないけれど、たまに食事に連れていってもらう時は、階段などのないフラットな造りのお店ばかりだった。

私としては階段の昇降に慣れるのも大事だからそこまで気にしなくていいと伝えているけれど、過去に自分自身が階段を踏み外して怪我をしたことがあるらしく、ましてや私は現在健常者とは違うから、杖が滑り止めに引っかかるなど不慮の事故があったらいやだから、と言って聞かない。

日頃穏やかな性格だけれど、こうだと決めたら意思を曲げない頑固な一面もある。それに、私のことを思ってのことだからなにも言い返せないでいる。

随分と過保護に扱われている気もするけれど、これから休みが合えば一緒に色々な場所に出掛けるようになるからと言って、案外和範自身はこのリサーチを楽しんでいるみたいだ。

でも実際問題としてお互い休みが合うことが少ないし、なにより私自身が和範との外出を避けてしまいがちだから、リサーチは無駄に終わることになるかもしれない。

部屋から着替えを持って浴室へ向かう。

家の中全てに手摺（てすり）を付けたとは言え、ドアには手摺（てすり）は付けられないので、やはり家の中でも杖は必需品だ。

脱衣所で服を脱ぎながら、私は鏡の前に立ち、溜息を吐く。

私の左脚は事故後に手術を受けて、傷口が目立たなくなるようにしてもらったけれど、やはり痕（あと）は残っている。

そして、右胸の内側にあるホクロ。

和範はこれを覚えているだろうか。

このホクロを見るたびに、私の忘れられない、いや、忘れたくない記憶が蘇る。

和範はきっと覚えてはいないだろう。

和範が私を灯里だと勘違いしたあの日、私が犯した罪の記憶……

第二章　出会い

私が初めて和範と出会ったのは、高校一年の夏休みに入ったある日のこと。

灯里は誰とでもすぐに打ち解けられる明るい性格で、男女問わず人気者だった。

対する私は、双子だけあり顔立ちは似ているものの、引っ込み思案(じあん)でいつも灯里の後ろにいるような子だった。

私にとって灯里はいつだってキラキラと眩しい存在だ。

双子といっても、私たち姉妹は性格が全くの正反対。

だから付き合う友達も自然と対照的になる。灯里の周りには性別を問わずに目立つ子が多く、私の周りはどちらかと言えば、控えめで地味な女の子ばかり。

この日も、灯里の友達が男女問わずみんなで家に宿題をしに来ることになっていた。

私は朝一番で市内にある図書館へ行き、本を借りるついでに冷房のほどよく効いたそこで宿題を済ませていた。

宿題の中で難しい箇所がいくつかあったので、その足で学校にも寄って職員室を覗き、先生を捕まえて教わった。

夏休み期間とはいえ学校へ行くなら制服でなければ明らかに浮いてしまうので、家を出る時に制服を着用していたのだ。

今日一日でやることを全て済ませ、それでも帰宅したのは十五時前。

玄関の三和土(たたき)に並ぶたくさんの靴を見て、やはり帰るのが早すぎてしまったようだと後悔した。

かといって、再び図書館へ戻る気にもなれなかった。なぜなら外は日差しが強く、図書館から帰宅しただけで既に汗だく状態、できることなら早くシャワーで汗を流し着替えてさっぱりしたかったのだ。

しかし帰宅してすぐ、母から灯里の友達に三時のお茶とお菓子の差し入れを頼まれてしまった。

差し入れだけならすぐに済むと思い引き受けたものの、やはり後悔することとなる。

あとの祭りとはこのことを言うのだろう。

「わぁ、例の双子の妹ちゃん？　灯里と全然雰囲気違うね」

「でも凄い賢い子なんだろ？　この前の学年テストでトップだったんだって？」

「灯里とは頭の出来が違うんだなぁ」

「妹ちゃん、確か図書委員やってるよね？　なんかそれっぽい。イメージぴったり！」

「てか、なんで今日も制服？　もしかして休みなのに学校行ってたの？」

「ねえ、こっち座って灯里が戻ったら並んでみて！」

灯里の部屋のドアを開けた瞬間、みんなの視線が一斉に私に集まったかと思えば、好き勝手に口を開く。

科もクラスも違うから話もしたことのない初対面に近い人ばかりに囲まれて、正直怖かった。

灯里の友達だけあってきっとみんな気さくでいい人なんだろうけれど、人見知りのひどい私には輪の中に入る勇気なんてない。

灯里の友達に色々と言葉を投げかけられ、そのくせ私に返答する隙を与えてくれなくて、まるで見世物小屋の中にいる客寄せパンダ状態になってしまったようだ。

みんなは私服で仲良さそうにしている中、私一人制服を着用したままで、おまけに帰宅してすぐだから汗だくで、完全に浮いてしまっている。こんな状態、耐えられる訳がない。

いつだってそう。

幼少時代から私たちは双子っていうだけで周囲、特に初対面の人たちからは好奇の目で見られてしまう。私はそれがいやでたまらなかった。

灯里は昔から笑顔で上手にあしらっていたけれど、私にはそれがどうしてもできなかった。灯里を見習ってスルースキルを身に付けなければ、これから先も自分がしんどいだけだと充分理解しているものの、実際にできるとは限らない。笑顔でみんなを魅了する灯里を私はいつだって羨ましく思っていた。

灯里のように振る舞えたらどれだけいいだろうと憧れるものの、なかなか行動には移せない。

やめて欲しいと反論したくても、ここにいるのは灯里の友達だ。気を悪くしたらと思うと、自分の思っていることを口に出せなくて、自分の中で感情の折り合いが付かず——感情が昂って涙が出そうになった時、助け船を出してくれた男の子がいた。

身長が高く、顔立ちもはっきりとした正統派のイケメンさんだ。

「みんなやめろ。急にそんなに取り囲んだら、妹ちゃんびっくりするだろ」

さりげなく私の前に立って、庇ってくれた。

「カズ、やっさしーっ。さすがモテ男は違うね」

「妹ちゃん、ごめんね」

「ごめんね、双子ってナマで見たことなくて興奮しちゃった」

「ごめん……って、あれ？　妹ちゃん、泣いてる？」

「えっ、うそっ。なんで？」

初対面の人たちに囲まれて、ただでさえ自分の感情を抑えきれずに泣きそうになっていたところに、私のことを庇ってくれる男の子の優しさに触れて、ついに涙が溢れてしまった。

「光里っ、大丈夫？」

トイレから戻ってきたらしい灯里が私の置かれている状況を察すると、すぐに私を部屋から廊下へ連れ出した。

先ほど私を庇ってくれた男の子も私たちと一緒に廊下に出て、他の子たちは部屋に残った。

「光里、ごめんね。多分みんな悪気があったんじゃないと思うけど、急に自分の知らない子にあんな風に囲まれたらびっくりするよね」

灯里が私に気を遣いながらも友人たちに他意はないことをそれとなく告げている。それに同調するように一緒に部屋を出てきた男の子が私に声を掛けた。さっき私のことを庇ってくれた『カズ』と呼ばれていた子だ。

「光里ちゃん、って言うんだね。名前知らなかったから、妹ちゃんなんて呼んでごめん。僕は、滝沢和範。灯里と同じクラスで、今日のメンバーもそうなんだけど、いつも一緒にいるからあとで注意しとくよ」

灯里と和範に慰められて、私は急に恥ずかしくなった。

みんなはなにも悪くないのに、私に原因があるのに……

私が灯里みたいに社交的になれたら、こんな風にみんなに気を遣わせることなんてなかった。

二人から謝罪され、なんだか決まりが悪くて俯(うつむ)いたまま、私は口を開いた。

「私こそごめんね。急に囲まれてびっくりしちゃって、泣くつもりなんてなかったのに。中のみんなにも謝っておいて。滝沢くん。私、昔から人見知りがひどくて。びっくりさせてごめんなさい」

二人に謝ってから、私は逃げるように自分の部屋に駆け込むと、ドアにもたれてしゃがみこんだ。

二人はこんな私を見てどう思っただろう。高校生にもなってその程度のことで泣くなんて、と引いただろうか。

灯里は私の性格を把握しているからそうは思わないかもしれないけれど、他の人からすれば、私は灯里と違って付き合いづらい人間だと思っただろう。

やっぱり早く帰るんじゃなかった。

私は制服から普段着に着替えを済ませ、灯里の部屋でみんなが盛り上がっているのを廊下から確認すると、シャワーを浴びることをあきらめ、足音を忍ばせてそっと自宅を出た。

ギラギラと照り付ける日差しを浴びながら、向かった先は、先ほどまでいた図書館だ。

私にはやはり、そこしか行く場所が思い付かなかった。

再び図書館の中に足を踏み入れると、夏休み期間ということもあり館内は先ほどと変わらず学生らしき人が多い。私はなんとか空席を見付けるとそこに荷物を置いて場所を取り、さっきまでここで読んでいた本を本棚に取りに行って座席に座った。

席に着いてようやく落ち着き、読みかけていた本の続きのページを開いた。

やっぱり本の世界はいいな。

いやなことを一瞬で忘れさせてくれる。

私は夢中になってその本を読み耽った。

あっという間に時間が過ぎて、閉館を知らせるメロディが流れ始めたのにも気付かないでいると、不意に右手をツンツンとつつかれた。

それでようやく閉館時間だと気付いたけれど、私の右手をつついたのは、さっき自宅で初めて会ったはずの和範だった。

「凄い集中力だね。二時間以上、横に座っていたんだけど全然気付いてくれなかった」

え？　二時間以上？　和範の言葉に愕然とした。

ここに来たのが十五時半くらいだったから、和範は十六時前にはここにいたの？

じゃあ、灯里たちはあのあとすぐに解散したのだろうか？　もしかすると、私のせいで……？

「光里ちゃんが出ていったのが気になって、僕だけ抜けてきたんだ。みんなは多分、もうそろそろ解散するはずだよ」

私はそっと自宅を出たつもりだったので、まさか和範に気付かれていたとは思ってもみなかった。

「大丈夫だよ。光里ちゃんが出掛けたのは誰も気付いてないから。僕は用事を思い出したって言って抜けたんだ」

私の表情を読んだのか、和範が言葉を続ける。

「もう閉館時間だし、とりあえずここは出ようか」

私は頷いて書籍を本棚に戻すと、和範と一緒に図書館を後にした。

「あれだけの集中力があるから、学校の成績も優秀なんだって実感したよ。本当に凄い、尊敬する」

興奮気味の和範は私に声を掛けてくれるけれど、そんな和範に対して私は相変わらずどう反応すればいいのかわからず、下を向いたままだ。

そんな愛想のない私にお構いなしで、和範は話を続ける。

「灯里とは二卵性の双子なんだって？　顔立ちはそっくりなのに、雰囲気が全然違うから驚いたよ」

この時の私の髪型は、顎（あご）のラインで切り揃（そろ）えたショートボブだった。

灯里はもっと長い上に、ふわふわのウェーブがかかっていて雰囲気はまるで違う。たとえるなら、灯里はまるで西洋人形のような華やかさで、砂糖菓子みたいに甘くてかわいいイメージだ。

対する私は、日本人形のように地味で堅物、きっとそんなイメージだろう。

「私は灯里みたいに明るくないから……」

思わず卑屈なことを言ってしまう。

けれど、和範はそんな私の言葉をすぐさま否定した。

「ううん。確かに灯里と違って光里ちゃんは落ち着いていると思うけど、さっきみたいに本を読んでいる姿を見ていたら、すごく楽しそうで……かわいいって思ったよ」

和範の言葉に、私は驚いた。

これまで『灯里と違って』と言われる時は決まって、明るくないとか付き合いづらいとか、そんなネガティブなことばかりだった。

それなのにこんな風にほめられるのは、ましてやかわいいなんて言われるのは初めてで、どうしたらいいかわからない。

「僕は灯里みたいな天真爛漫（てんしんらんまん）な笑顔が、光里ちゃんからも見られると嬉しいな」

そう言って和範は、自宅はこっちだから、と言って別れた。

和範の言葉が頭から離れない。

人見知りで壁を作っている私。その壁をいとも簡単に飛び越えてストレートな言葉をくれた和範に、私が恋に落ちた瞬間だった。

しばらくその恋の始まりの余韻に浸りたくてその場に立ち尽くしていたけれど、犬の散歩をしている人に不審な目を向けられたので急いで家路に就いた。帰宅すると、灯里が今日のことを謝罪しに私の部屋にやってきた。

「今日はごめんね。さっきの子たちも、悪気はなかったの。みんな私がこんな性格だから、きっと光里も一緒なんだろうって思って、私と同じノリで接しちゃったみたい。びっくりさせてごめんねって謝ってたよ」

部屋に入ってきた灯里は、開口一番にこう告げた。

灯里に謝罪され、和範にも気遣われ――灯里の友達が悪い訳じゃないのに逃げ出してしまったようで、なんだか申し訳なくて心苦しかった。

どうして私は、灯里みたいになれないんだろう。

二卵性でも、私たちは双子なのに。同じ環境で育っているのに、どうしてだろう。

落ち込む私に、灯里はいつも言ってくれる。

「光里は光里のままでいいんだよ」

灯里はその言葉を幾度となく口にするけれど、果たしてそれでいいのだろうか。

私は私のままって、一体私はどうすれば……

「光里には光里の良さがあるの。それを私が一番よく知ってる。だから大丈夫だよ。光里は光里らしくいてね」

灯里の言葉に、私は泣きそうになる。灯里の言葉は、決して私という存在を否定しない。けれど私は、昔のままなにも変わらないでいる。

言葉を呑み込み、心配をかけないように微笑むと、灯里の表情はくしゃくしゃの笑顔になる。

私は意を決して灯里に問いかけた。

「灯里、あのね。今日の、滝沢くんなんだけれど……。灯里は、その……、仲がいいの？」

私の言葉を聞いて、灯里は一瞬固まったけど、すぐに先ほどの笑顔に戻る。そんな灯里の様子が気になりながらも、敢えて気が付かない振りをしていると、灯里は私の問いに答えた。

「カズ？　うん、普通に仲いいよ。……もしかして光里、カズのこと好きになった？」

その言葉を聞いて、私は不意に藤本くんのことを思い出した。私が告白しようと思った矢先に、彼を好きだと言った灯里。

今はあの時とは違うとわかっていても、素直に自分の気持ちを口に出すのが怖い。

そんな私のほうを見て、灯里はどこか期待するような、あるいは試すような視線を向けている。口ごもったままの私をしばらく見つめると、灯里は再度口を開いた。

「ごめん、今のは嘘。実は私、カズのことが好きなの。……だから、もしかして光里もそうなんじゃないかなって」

またただ。私が好きになる人は、灯里も好きになる。そしてきっとその人は、灯里を選ぶ。

私は、選ばれない。

いつだって私は灯里の引き立て役にしかなれないのだ。

「……今日、初めて会話した人だよ？　そんな、好きだなんて」

私の心の動揺を灯里に悟られてはダメだ。私は必死に自分の心の中を見ない振りをする。

「だって、ここでカズの話題が出ると思わなかったから」

私を見つめる灯里。

私は咄嗟に否定の意味を込めて首を横に振るものの、灯里はそんな私をじっと見ている。

どのくらい時間が経っただろう。ほんの数秒が、やけに長く感じてしまう。

灯里はにっこりと天使の笑顔を見せて、言葉を発した。

「うん、わかった。……光里、大好きだよ」

灯里が私にぎゅっと抱き着いてくる。私はそんな灯里の背中に手を回した。

灯里は昔から不安があったりすると、こうして私に抱き着いてきた。

やはり今日も微かに灯里は震えている。

そんなに和範のことが好きなんだね……

私は、この日芽生えた恋心にそっと蓋をした。

灯里の恋路の邪魔はしたくない。

灯里の好きなものを、欲しがってはいけない。和範は一人しかいないのだ。

私は所詮灯里の引き立て役だし、和範はあんなにも優しくて格好がいいのだから、地味な私のことを好きになんてなるはずがない。今日の優しさだって、きっとみんなにも同じようにしているに違いない。

夕飯が終わり一番風呂に入った私は、湯船の中で涙を流していた。

元々科もクラスも違うから、接点もなにもない。

中学生の頃のように、藤本くんの時のように、想いを封じればいい。

涙はとめどなく溢れてくる。

声を出したら、きっと私の気持ちは灯里にバレてしまう。

私は声を殺して泣いた。

浴室から出て、洗面所を兼ねた脱衣室でパジャマに着替えていると、灯里が入ってきた。

浴室内は常に換気扇を回していたけれど、湯気の回りが早く、脱衣室も蒸し暑くなっている。

「今日は珍しくお風呂、ゆっくりだったんだね？」

灯里の問いに、髪をタオルドライしながら答える。

「うん、半身浴してたの」

そんなことはもちろん嘘だ。

なかなか涙が止まらなくて顔をお湯に浸けたりお湯をかけたりとごまかすのに必死だった、なんて言える訳がない。

「へえ、半身浴？　代謝良くなりそう。って、光里、大丈夫？　なんだか顔が疲れてるよ？　長い時間お風呂場にいたから、脱水してるんじゃない？　早く水分とったほうがいいよ」

心配顔の灯里が私の顔を覗き込む。

「うん、ありがとう。ちょっとのぼせたかも」

私はかごに入れてあるドライヤーを取って、洗面所を後にした。

そんな私を、灯里がなにか言いたげな顔で見つめているような気がしたけれど、私はそのまま台所へ向かい、冷蔵庫の中にあった冷えた麦茶を飲んで水分補給をした。

冷房のよく効いたリビングで髪を手早く乾かすと、ドライヤーを元の位置に戻して自分の部屋に引き上げる。

今日のことは、忘れよう。

滝沢和範くんは、灯里の友達。灯里の想い人なのだから……

次の日、商業科の灯里も実務検定に向けた補習があるとかで、一緒に学校へ登校した。

私は普通科で進学クラスに在籍しているため、夏休み中も数日間、普段の授業と同じような内容の補習がある。

「一緒に登校するのって、入学式の日以来じゃない？」

灯里はなぜか嬉しそうだ。

普通科では、入学式の翌日から毎朝ホームルームの前に小テストが行われており、それに備えてかなり早めに登校していたから、灯里と一緒に家を出たのは本当に久しぶりだった。

それがなくても、一緒に並ぶと灯里の引き立て役にしかならないから、私は意識して登校時間をずらしていた。

灯里のことは大好きなのに、一緒にいると劣等感を掻き立てられる。こんな自分の卑屈な考えに、いい加減嫌気がさしてしまう。

そんな思いを振り払いたくて、商業科目の検定について灯里に話を振ってみると、灯里はざっくりと説明をしてくれた。

「夏休み中にね、何科目も検定試験があるの。商業科目って丸暗記だけじゃなくて、パソコンや計算機械の実技もあって、スピードや正確性、指先の動きも重要だから、日頃の練習が大切なんだ」

聞けば、検定は商業科目である簿記、珠算（しゅざん）・電卓、パソコンを使うビジネス文書や情報処理……他にも色々あるそうだ。

全然馴染みのない名称を聞かされて、頭の中がこんがらがってくる。きちんと内容を理解していなければ、検定名を覚えるのも一苦労だ。商業科の人たちは、普通の授業以外にもこのような実務を教わるのかと思うと、科が違う私からすれば凄いの一言だ。

「だからね、早めに行って練習しようかと思って」

そんな話を聞くと、ただ座って授業を受ける私よりも商業科の灯里のほうが、よっぽど充実していそうだ。

一緒に並んで登校すると、やはり私たちは注目を集めた。

双子に対する物珍しさからくる不躾（ぶしつけ）なものもあれば、男子生徒からの灯里に対する好意を感じる眼差しもある。

こんな時は、やはり一人での登校のほうが気楽だと痛感する。

卑屈に思っていてもそれを態度に出さないように気を付けていたつもりだった。けれど灯里に気付かれないように小さく息を吐くと、灯里は私に微笑んだ。

「光里は光里だから。周りの目なんて気にしちゃダメ。私には光里が必要だから。凛とした光里、カッコいいよ」

私は凛としている？　不思議に思って首を傾げると、灯里は続けて言う。

「心無い周りの視線や言葉に流されないで。光里は私の自慢の妹なんだから」

その時、灯里の友達が私たちに声を掛けてきた。

「灯里ー、おはようっ、て、わぁ、妹ちゃん……じゃなかった。光里ちゃんも一緒だ！　光里ちゃんおはよう、昨日はごめんね」

どうやら昨日うちに遊びに来ていた子の一人らしいけど、和範以外は顔なんて覚えていなかった。昨日はいきなり囲まれて、みんなの顔を見る余裕なんて全くなかったのだから。

私はどうしたらいいのか灯里を見る。

灯里は私に大丈夫だと手を握ってくれた。

でもやっぱり意気地なしな私は、会釈（えしゃく）だけして足早にその場を立ち去った。

せっかく彼女が謝ってくれたのに、返事もせずに逃げるように立ち去るなんて、どう見ても感じ悪いよな、私。

そう思いながら自分のクラスの下駄箱へと向かおうとすると、途中で誰かにぶつかってしまった。

「すみません」

ぶつかった拍子に私の鞄が床に落ちる。拾おうと手を伸ばした瞬間、その人が私より先に鞄を拾ってくれた。受け取ろうと顔を上げると……

「あれ、光里ちゃんも補習なんだ？」

和範だった。

びっくりして言葉が出ず、和範を見つめていると、和範が鞄を渡してくれる。

「僕らも今日から商業科目の補習なんだ。って、灯里も登校日だから知ってるよね」

人懐っこい笑顔を向けられ、どうしたらいいかわからない私は鞄を受け取り俯(うつむ)いてしまう。

「あ、そうだ。今日、午後からバスケ部の試合があるんだけれど、もし良かったら体育館に観に来ない？　それとも、光里ちゃんはバスケなんて興味ないかな」

「バスケット、実はルールがよくわかってなくて……」

せっかく試合観戦に誘ってくれたのに、やはり私の口からは、かわいくない言葉が出てしまう。

本当は観に行きたい。誘ってもらえて心臓が飛び出すくらいに驚いたと同時に、とても嬉しい。でも、もし灯里に知られてしまったらなんと言い訳すればいい？

灯里が想いを寄せている人だから、誤解を招くような軽率な行為はするべきじゃない。

私は自分の気持ちをやりすごすしかない。

「あれ？　体育の授業でバスケやるだろう？　もしかしてルール知らずにやってるの？」

私の返しが面白かったのか、和範は笑いながら聞き返す。

「うん、実はよく知らない」

「マジかー……って、やばっ、早く来て席取りしなきゃいけないんだった。じゃあ光里ちゃん、またね！」

慌ただしく校舎内に消えていく和範の後ろ姿を見送ると、私も上靴に履き替えて、教室へ向かった。

その後も和範は、校内で顔を合わせると声をかけてくれるようになり、そのうちちなんとか普通の会話ができるようになった。

灯里の他の友達とは、まだ自分から声を掛けられるほどではないけれど、向こうもある程度の距離感を守りながら接してくれたので、苦手意識は少しずつ払拭されてきた。

和範は、一年生ながらバスケ部で既にレギュラーになったそうだ。新人戦にも先発メンバーに選ばれたからと、放課後に居残り練習をしているのをよく見かけた。

一方、私は勉強と図書委員の仕事をこなす、いつもの日常を過ごしていた。

図書当番は、本来昼休みと放課後を両方週一回ずつ担当する。

でも放課後は部活や塾でみんながやりたがらないので、私は昼休みの時間を外してもらう代わりに、放課後週二回、火曜日と金曜日を担当することになった。

偶然にもそれは、両方共にバスケ部の体育館使用日に当たっていた。

私の通う高校は、バレー部、バスケ部が交代で体育館を使って練習しているのだ。

当番の日の放課後は、授業が終わるとすぐに図書室へ直行する。

図書当番は二人一組で行い、一人がカウンターの中に座って書籍の貸し出しや返却の手続きを、もう一人は書籍を棚に戻す担当で図書室内を歩き回る。

さほど忙しくはないので、空き時間は宿題をしたり本棚の整理をしたり、時間に余裕があれば、図書室の本を自分も借りて読んだりできる。

意外と時間を有効活用することができるため、私は放課後の当番を苦に思わなかった。

図書室の開放は十八時までだ。

校内に居残っている生徒も、この時間で下校を促(うなが)されるけれど、運動部は十九時まで練習がある。

そんなに遅くまで練習をしていたら帰宅後が辛いだろうな、なんて思いながら、体育館やグラウンドの横を足早に通り過ぎる。

ふと体育館のほうに目をやると、バスケ部の人たちの中に、ひたすらダッシュをしている和範の姿が目に入った。

全身汗だくになって、一生懸命に練習をする姿から目が離せない。

灯里、ごめんなさい。

やっぱり私も、彼のことが好き。

心の中で、そっと想い続けることは許して……

和範に気付かれないうちにその場を離れ、校門を出たところで思わず涙ぐむ。

うちに帰ったらいつも通りにしなきゃ。きっと彼も藤本くんみたいに、灯里のような明るくてかわいらしい子を選ぶんだ、だから……

そう自分に言い聞かせながら、私は帰宅の途に就いた。


その後しばらく、和範や灯里の友達と顔を合わせる機会はなかった。

冬休みに入り、相変わらず私は補習や図書当番でほぼ毎日学校に通い、補習が終わると下校時刻まで大体図書室で過ごしていた。

宿題も、毎日図書室でやるようにしていたので自宅ではすることもなく、のんびり過ごすことができる。

だからクリスマスイブの日も、私は補習が終わると迷わず図書室へ向かった。

特別に友達と集まって遊ぶ約束もしていないし、ましてや彼氏がいる訳でもない。

この日は図書当番の日ではなかったので、図書室の机の上に宿題を広げて、補習で出された課題と冬休みの宿題を、やれるところまで片付けるつもりだった。

やっとのことで今日の分の課題を終え、肩がこったので少し休憩しようと顔を上げると……

隣に和範が座っていた。

彼は初めて会った日と同じように、笑顔で私を見ていた。

「相変わらず光里ちゃんはすごい集中力だね」

突然のことで驚いた私は、うっかりペンケースを落として派手な音を立ててしまい、慌ててそれらを拾うために席を立った。

周囲に小声で謝りながら、急いで散らばった中身を拾い集める。

和範も手伝ってくれ、全てを回収し終わると、改めて席に着くように促(うなが)された。

「光里ちゃんの慌てる顔、初めて見た。光里ちゃんでも慌てたりするんだね、なんか凄く新鮮」

なんだか恥ずかしくなり、顔が上げられない。

そんな私を楽しそうな眼差しで見つめる和範に、恥ずかしいから見ないでと小声で言って、ペンケースを片付けた。

「今日はクリスマスイブだね」

なんの脈絡もなく和範が私に話しかけてきた。

「うん、そうだね」

「光里ちゃんは、誰かと一緒にクリスマスパーティーとかするの？」

和範からの問いに、私は全力で否定する。

「まさか！　そんなことするなら今頃ここにいないよ。滝沢くんこそ、灯里たちとパーティーするんじゃないの？」

灯里が今日の午後からみんなを自宅に招いてパーティーをするからと、昨日から張り切って材料を調達し、料理を作っていたのを思い出した。

「お昼に呼ばれて行ってきたよ。多分、光里ちゃんは僕たちに遠慮して家に帰ってこないと思ったから、ちょっと抜けてきたんだ」

現在の時刻は十五時を回ったところだ。

なんで？

びっくりして和範の顔を見つめると、ポケットからなにかを取り出した。

和範が手にしているのは小さな紙袋だ。

「これ、たいしたものじゃないんだけれど、クリスマスプレゼント。灯里にも色違いで同じものを渡したから、お揃(そろ)いだよ」

そう言って和範は紙袋を差し出すので、私は反射的にそれを受け取った。

百円ショップで売られているような柄付きの折り紙で作られたと見られる外袋は、手作りのようだ。袋に押されている、同じく手作りらしいゴム印を見るに、その商品を販売していたお店のものだろう。

「ありがとう。なんだろう……開けてみてもいい？」

私の問いに、和範ははにかんだ笑顔で答えてくれる。

私は渡された紙袋をそっと開けてみた。

「わぁ……、かわいい。これって、ハンドメイドだ」

中身はビーズで作られた、雪の結晶を象ったスマホ用のイヤフォンジャックカバーだった。

外側はオレンジの、内側は金色のビーズを使って作られている。

サイズは小さいけれど、この季節にぴったりのかわいらしいものだ。

「この前、友達にフリーマーケットに連れていかれた時に見つけたんだ。これ、光里ちゃんのイメージかなって勝手に思って」

灯里には、内側が赤色のものを渡したという。

灯里と色違いのお揃いでも、わざわざ私のために選んでくれた和範の気持ちが嬉しかった。

「嬉しい、ありがとう。大切にするね」

私が初めて素の笑顔を見せたからだろうか、和範は驚いているようだ。

「やっぱり、光里ちゃんは笑顔が似合うね」

初めて会った日に図書館の帰り道に話した、あのことだろうか。

『僕は灯里みたいな天真爛漫な笑顔が、光里ちゃんからも見られると嬉しいな』

あの言葉が蘇る。

なかなか会う機会もないから、会話をすることもなければ笑顔を見せることもなかった。

「うん、かわいい」

和範の発するストレートな言葉に、私は照れて思わず顔が赤くなる。

そしてそんな顔を見られたくなくて、咄嗟に俯いてしまう。

癖のないサラサラの髪が、そんな私の顔を隠してくれるので、こんな時はこの髪質でよかったと思う。

「あ、でも私、実はまだガラケーなんだ」

私は制服のポケットから携帯を取り出して見せた。

「えっ、そうなんだ。灯里がスマホ持ってたから、てっきり光里ちゃんもスマホかと思ってた。なんか勝手にごめん」

なぜか和範が焦って謝る。

そんな彼に気を遣わせたくなくて、私は急いでフォローを入れた。

「大丈夫だよ。まだいつになるかわからないけれど、スマホに変えた時に使わせてもらうから。それまでは大切に保管しておくね。ありがとう」

そう、私はこの当時、まだガラケーと呼ばれている折り畳み式の携帯電話を使っていた。

灯里も元々私と同じ機種を使っていたのだが、料理中にうっかり水を張ったボウルの中に落として使えなくなったため、先月私より一足早くスマホに切り替えたのだ。

携帯のサイトでお料理やお菓子のレシピを検索しては、美味しそうなものを作らずにはいられないらしく、使用頻度がとても高い。

スマホに変えてから、動画も見やすくなったしなにより画面の大きさが気に入ったと言って、灯里はヘビーユーザーになりつつある。

私はといえば、連絡を取るのは家族ばかりで、友達とのやりとりもメールで用件は済むし、灯里と違ってネットサーフィンもあまりしない。

確かに経年劣化のせいでバッテリーの持ちは以前よりも悪くなっているけれど、今のところ支障をきたすほどではない。

調べ物だって、確かに携帯で調べるのが早いだろうけれど、私は手元に辞書がある場合、辞書を使う。どうしてもアナログなほうが落ち着くというのもあるし、単純に紙の本をめくること自体が好きなのだ。

だから在学中にスマホに変えようと現時点では思っていなかった。

きっとスマホに買い替えたところでアナログ人間の私には、上手く使いこなせないだろう。

私は和範からもらったイヤフォンジャックカバーを鞄の中に大切にしまい込む。

「でも私、なにもお返し用意してないんだけれど……」

まさか和範からプレゼントをもらえるなんて思ってもみなかったから、お返しになるものなんてなにも持っていなかった。

「そんな気にしないでいいよ。僕が勝手に押し付けたんだから。それより、今日は何時までここにいるの？」

和範の問いに、咄嗟に答える。

「十八時まで開いてるから、それまではいる予定」

「光里ちゃんはまるで図書室の主みたいだね」

和範はそう言って、おどけるように微笑んだ。

灯里の友達がいる自宅に帰りたがらない私を気遣っているのが、痛いくらいによくわかる。

「ほら、滝沢くんが戻らないとみんな心配するよ？　私は十二月中に課題を全て片付けて、残りの冬休みを満喫するんだから、お一人様の邪魔しないでくれる？」

口調をできるだけ明るくして、和範が私を気にすることなくみんなのもとへ戻れるように促した。

「えー、ひどいな光里ちゃん。邪魔なんてする気ないけど……。でも、ホントに一人で大丈夫？　淋しかったら、僕はここにいるよ」

思わず、和範の優しさに縋りたくなる。

でもそんなこと言わないでほしい。

灯里のところになんて戻らないでって言いたくなるから。

私は自分の心の声に耳を塞ぎ、真逆の言葉を発した。

「うん、もちろん大丈夫だよ。だから早く戻って。灯里がクリスマスケーキ焼いてたはずだから、早く戻らなきゃなくなっちゃうよ」

私はそう言って和範の背中を押す。

和範は、そこまで言うならと言って席を立ち、図書室を後にした。

私は図書室の入口まで見送りに出て、彼の後ろ姿が見えなくなってもしばらくの間、その場に立ち尽くしていた。

図書室を退室する人の邪魔になりそうになり、先ほどまで自分が座っていた席に戻ったけれど、宿題なんて全然頭に入ってこない。気が付けば和範のことばかり考えていた。

クリスマスプレゼント、もらっちゃった。

灯里とお揃い、それでももらわないよりよっぽどいい。

和範のくれたイヤフォンジャックカバーはとてもかわいいし、私のイメージで選んでくれたことが嬉しかった。

好きな人からもらうプレゼントが、こんなに嬉しいものだなんて思わなかった。

でも……

こんな素敵なプレゼントをもらったら、もしかしたら灯里は今日、和範に告白するかもしれない。

私にはなぜかそんな予感がした。

ぼんやりしていても全然宿題は片付かないし、こんな気持ちのままで帰宅したら、灯里に色々詮索されるのは目に見えている。

とりあえず、考えることをやめよう。一旦気持ちを切り替えよう。

宿題はある程度終わらせていたので、私は机の上に出していた教科書やノートを片付けていつでも退室できる準備をすると、一時間ちょっとで読み切れそうな文庫本を探した。

一旦本の世界に入ってしまえば現実のことは忘れられる。適当に手にしたその本は推理モノで、犯人の仕掛けたトリックを、主人公になりきって一緒に考えながら読み進めていると、あっという間に読破してしまった。

壁に掛けられた時計で時刻を確認すると、図書室が閉まる十八時も近かったので、本を棚に戻して学校を後にした。

灯里の友達は、まだ家にいるのかな……

なんとなく、このまま真っすぐ帰宅してみんなと鉢合わせになるのはいやだった。なので母親に、本屋に寄って帰るとメールをして寄り道をすることにした。

帰宅途中にある本屋は、県内に本店のある大手の書店で、色々な書籍が置かれているので充分時間潰しに使える。小説ばかりではなく、たまにはファッション雑誌を見たりして、一応流行りを確認したりもする。ＣＤコーナーも覗いてみると、最近売れ筋のグループの曲が流れていた。

まあ、お店で情報を仕入れなくても灯里から情報が入るので、ここで色々と物色するのはあまり意味はないのだが。

少し気が早いけれど、大学受験の参考書のコーナーも、下調べしてみた。

ちょうど受験シーズン本番が近いだけあり、参考書は品揃えが豊富だ。赤本と呼ばれる各大学の問題集も、ズラリと並んでいる。

そうして時間を潰し、十八時半を過ぎた頃に帰宅すると、灯里が出迎えてくれた。

灯里は、私のほうを見てなにか言いたそうな顔をしている。

「お帰り。……ねえ光里、聞いて。私ね、カズと付き合うことになったんだ」

突然の灯里の言葉に、理解が追い付かない。

え……

今、なんて……？

「今日、パーティーのあとで帰宅するカズを呼び止めて告白したの。そしたら、ＯＫだって」

私は固まったまま動けなかった。

灯里の声が、なに一つ頭に残らずスルーしていく。人間って、本当に驚くと思考回路が麻痺してしまうと聞いたことがあるけれど、それはどうやら本当らしい。私はこの時初めて実感した。

「………でね。って、光里、聞いてる？」

灯里の声に我に返る。

そんな……やっぱり和範も灯里を選ぶんだ。

「うん、聞いてる。おめでとう。良かったね、灯里。……ごめん、お腹すいたから上がりたいんだけど」

私はまだ玄関の三和土(たたき)部分に立ち尽くしている。

「あっごめん！　玄関先で呼び止めちゃって。ご飯用意してるよ。ケーキの残りもあるけど、食べれそう？」

「量を見てみないとわかんないよ。部屋に荷物も置きたいし、着替えてから下りるね」

私は灯里の顔を見ないように、部屋へ駆け込んだ。

よりによって今日はクリスマスイブ。こんな特別な日にカップルになるなんて、灯里と和範のような理想の二人にはお似合いだ。

そして、また私は選ばれなかった。私の好きになる人は、やっぱり灯里を選ぶんだ。

私は和範に対してなに一つアプローチをしていないのだから、こんな風に僻むのは筋違いだとわかっている。

でも……

もう、灯里がそばにいる間は、誰かに恋愛感情を持つことを止めよう。

そうすれば、私もこうやって灯里を恨むことはないのだから。

それからの私は、辛い現実から目を逸らすかのように、今まで以上に図書室にこもるようになった。

少しでも灯里との接点を持たないように、でも不自然に避けていると悟られないように、気を付けながら過ごす日々。

お休みの日は和範が家に遊びに来ることも何度かあったけれど、大概は他の友達も一緒で、二人は本当に付き合っているのか疑問に思いもした。けれど、それを口に出すことはできなかった。

灯里は意外にもかなり奥手な性格なようで、恋人ができても一線を越えるどころか、キスさえも許さないという。だから以前藤本くんと付き合っていた時も、二人きりになって襲われるのが怖い、なんて言って、彼を家に呼ぶ時は、常に私も同席させられていたことを思い出す。

だから、今回も同じように用心をしているのかもしれない。

私がほぼ毎日、補習や図書当番で自宅にいないから、代わりに友達を呼んでいるのだろう。

だけど、好きでお付き合いをするのに、スキンシップをすることを望まないのだろうか。

好きな人がそばにいたら、触れたい、キスしたい、もっと近い関係になりたいと思うものだと私は思う。

藤本くんはそんな気持ちを素直に灯里にぶつけてダメになったのだろうと勝手に解釈していた。

和範も彼氏になったのに、よくそれで我慢できているものだと感心してしまう。

でも、灯里と和範の付き合いが順調なら、それでいい。

私は藤本くんの時のように、こっそり一人で泣いて、忘れるんだ。

こうして月日は流れ、私たちは高校三年になった。

灯里と和範と私、表面上はなにも変わらない。

三年になって夏に高校総体が終わり三年生が部活動を引退すると、和範も放課後に図書室に入り浸って受験勉強を始めた。

商業科に在籍しているからてっきり就職するものだと思っていた私は、驚いてつい声をかけてしまった。

「就職じゃなくて、大学を受験するの？」

放課後の図書室には、珍しく私たち以外誰もいない。相方の図書委員は、今日は体調を崩して欠席だった。

私は精一杯の勇気を振り絞って、窓際の席に座る和範の、向かいの席に座って聞いてみた。

そんな私に和範がびっくりしているのがよくわかる。それはそうだろう。今まで私が図書当番の時は、棚に本を戻す以外に、滅多なことではカウンターから外に出ないし、ましてや私から和範に話しかけたことなんて一度もなかったのだから。

和範に声をかけるだけで、私はかなり緊張していた。

和範は、俯(うつむ)きながらも私の問いかけに答えてくれる。

「進路のこと、ちょっと悩んでるんだ。これでこの先の自分の人生が変わるかもって思ったら。ここで就職を決めたら、きっとそれ以上の会社には行けないと思うし、でも仮に大学行ったとして、やりたいこともないし」

それは、初めて見る顔だった。いつだってニコニコしている、穏やかな表情の和範しか私は知らない。

灯里にも、こんな弱い面を見せているの？　そう思うと、私の胸は苦しくなる。

でも……

私は、慎重に言葉を選びながら、口を開く。

「うーん、難しいよね。これまで人生の選択って、私の場合、大きいものは高校受験しかまだ経験してないし。多分滝沢くんもそうだよね？　私は、将来やりたいことがあったから、この学校の普通科を受験したの。滝沢くんも知っての通りうちは双子だから、学費のことや家から通える場所とか考えたら、選択肢がここだけだったって言うのも大きいんだけど。灯里は調理師になる夢があって、いつか自分のお店を持った時のためにって商業科を受験したの。私たちはお互いに、たまたま小さい頃から将来やりたいことが決まってたから、迷わずに道を選べたけど、実際はみんながみんな、そうじゃないよね」

私の言葉に頷く和範は、この話を今初めて聞いたと言わんばかりの表情だ。

「光里ちゃんのやりたいことって、なに？　って、こんなこと僕が聞いてもいいのかわからないけど」

和範の問いに、小さな声で答えた。

「私は……、こんな風に図書室でやってる司書みたいなこととか、でなければ出版社とか、書店の店員とか。とにかく本に携わる仕事がしたいと思ってる」

その言葉に深く頷く和範の、私を見つめる眼差しがとても優しい。

しばらくお互い見つめ合っていたけれど、徐ろに和範が口を開いた。

「やりたいことがあるから、きちんと明確な目標があるから、だから光里ちゃんは芯が通ってるんだ。ただの内気な女の子じゃない。夢があるって凄いね、心から応援するよ」

正面から見つめられて、なぜかいつものように視線を外すことができなかった。

「僕は、まだやりたいことがなにも見つからない。大学に行っても、結局は無駄な時間を過ごしてしまうんじゃないかと思ったら、なんだか訳がわからなくなってきて。将来の夢だって、見つかるかどうかすらわからない……」

そう言って和範は、らしくなく俯いた。そんな和範に、私はなんと声をかけてあげたらいいのだろう。

私なりに色々と考えた末、再び慎重に言葉を選びながら、答えた。

「でも……。ねえ、案外みんな、そんなものじゃないかな？　大学に進んだら今以上に世界は広がると思うの。現時点で知らないことだってたくさんあるし。今、無理して急いで結論を出さなくても、答えはまだ四年後に、もう少しだけ、先送りにしてもいいんじゃないかな」

和範は、しばらくなにかを考えていたようだったけれど、次に顔を上げた時には、吹っ切れたようだった。

「ありがとう。光里ちゃんに話を聞いてもらってよかった」

和範の笑顔が眩しかった。

この笑顔を独り占めしている灯里が羨(うらや)ましい。

もし、私が灯里みたいに明るい女の子だったら、和範は私を選んでくれた？

どうしても、そんなことを考えてしまう。

和範は、それからすぐに教材を片付けて、今日は帰ると言って図書室を去った。

先ほどの会話が少しでも、和範の力になれていたらいいけれど……

そう思いながら、残りの時間をカウンターの中に座ってやり過ごした。

その後季節は秋になり、和範は校内選考を受け、地元大学に推薦入学が決まった。バスケ部で部長やキャプテンを務めていたことや総体などの実績と、商業科内での成績、検定合格数などが評価されたらしい。それを聞いた時、自分のことのようにホッとした。

どうか進学する大学で、将来やりたいことが見つかりますように。

私は心の中で呟いた。

そして、灯里も地元の専門学校に進学が決まり、残るは私のみ。

「光里もカズと同じ大学を受験したら、またみんなで集まってワイワイできるね」

灯里の無邪気な言葉に、胸が痛む。

この頃の灯里は、私の受験勉強の邪魔をしてはいけないと思ってのことなのか、今までのように友達を自宅に招くことはしなくなった。なので和範もうちに来ることはなくなり、現在の二人の関係が私にはわからない。まだ二人は付き合っているのだろうか、それとも進路が違う二人は別れを選んだのだろうか。知りたいけれど、聞くのが怖い。

年末年始も補習で学校に通い詰めの私をよそに、商業科の進路決定者は自動車教習所に通いはじめていた。もちろんその中には灯里も和範もいる。

私は迷っていた。

灯里がそばにいたら、この先も私は変われない。それに和範と灯里の二人が一緒にいるところを見るのは、辛すぎる。

結局私は和範への恋心をずっと引きずっている。

でも、離れたらきっといつかは忘れられる……

藤本くんの時のように忘れられる時が来ると信じて、両親に隣県の大学受験を希望していることを、ギリギリになって話した。

本当なら夏休み期間中のオープンキャンパスにも行きたかったけれど、灯里にバレてしまうのが怖くて行けなかった。だから先生に頼んでこっそり大学の資料を取り寄せてもらったのだ。

その大学には寮があり、入寮は県外出身者を優遇してくれること、門限もきちんとあるから安心だという点をアピールして、なんとか両親から受験することの了解を取り付けた。

なにかあったら日帰りできる場所だし、寮があるから灯里は泊まれない、私にとって最高の条件だ。

残りの問題は灯里だ。すんなりと納得してくれるだろうか。

この地から——灯里と和範から離れたいなんて口が裂けても言えない私は、理由として地元より偏差値の高い隣県の大学に挑戦したいということにした。

でもいざとなると、どう切り出したらいいのかわからず、両親、特に母が何気ない会話の中で灯里に話をしてくれることを期待した。

私の気持ちを察した母は、早速翌日夕食の準備をしている時に灯里に話をしてくれたらしい。私が帰宅すると、灯里は血相を変えて玄関にダッシュでやってきた。

「光里、一体どう言うこと？　なんで県外の大学を受験するの？」

開口一番、灯里は今にも泣き出しそうな勢いだ。この様子では案の定、納得していないに違いない。

「灯里、とりあえず今ここで話すことではないから、一旦部屋に上がっていい？」

今にも私に掴みかかりそうな灯里をよそに、私は靴を脱いで洗面所へ向かった。

季節的にも、インフルエンザなんてもらったら大変だ。念入りに手洗いうがいをして、夕飯のおかずをチェックしにダイニングへ向かった。

灯里の視線を背後に感じながら、これから灯里をどうやって納得させようかと考える。

一度制服から部屋着に着替えるために部屋に入った私は、姿見の前に立って自分の顔を見た。

双子だけあって顔立ちは似てるのに、雰囲気や性格は、面白いくらいに正反対。

四年だけ、ここから離れてもいいよね。

灯里と離れて、私らしくいられる自信をつけたい。

いずれ結婚でもしたら、お互い離れるんだから……

着替えを済ませてダイニングへ向かうと、灯里は既に席に着いて私を待っていた。

「どうしてこっちの大学を受験しないの？　向こうの大学は、夏休みのオープンキャンパスにだって行ってないでしょう？」

単刀直入に聞いてくる灯里。

着替える時にも散々悩んだ挙句、第一志望である県外の大学だけでなく、和範と同じ県内の大学を併願することを伝えた。

「こっちの大学なら家からも通えるし、併願するつもりだよ。ただ……、向こうの学校のほうが偏差値高いから、自分の実力を試したいの」

こんな返事で納得してくれるだろうか。

「え？　そうなの？　向こう一本じゃなくて？」

灯里は拍子抜けした声をあげる。だから私も、努めて平静を装った。

「うん、前期日程がズレてたから。もちろん併願はするよ。でも本命は向こう」

私の返事に、灯里の顔色が即座に変わる。

「そんな、こっちの大学に合格したらそこでいいじゃないの。お金だって余計にかかるんだから、わざわざ県外の知らないところに行かなくても……」

灯里は食い下がった。

灯里もなかなか言い出したらしつこいけれど、私の人生だから灯里の意見は通せない。これだけはどうしても譲れない。

ごめんねと心の中で謝りながら、私は最終的な意思を示した。

「うん。そうなんだけど……。もう決めたから」

こうと決めたあとは誰がなにを言っても聞かない私の性格を熟知している灯里は、これ以上言っても無駄だと悟ったらしい。

日頃おとなしい私の自己主張は、こういう時に発揮すると効果があるのだ。

「やっぱり司書の資格取るんでしょ？」

ご飯を食べながら、灯里は会話を続ける。今日はブリ大根だ。

私はブリの身を解しながら答えた。

「もちろん、司書になるのは昔からの夢だもの。他にも取れそうな資格があれば取るつもりだけど……それよりこれ、大根によく味が染み込んでいて美味しい。これも灯里が作ったの？」

さりげなく大学のことから話を逸らす。

「うん、醤油入れすぎてないかな。ちょっと色が濃いでしょ？」

料理の話を振れば、灯里はたいがい乗ってくれる。

このまま料理の会話が続けば、きっと大丈夫だろう。

「そう？　味はこんなものじゃないの？　私は煮物なんて作ったことないからわからないや」

「口に合ってるなら大丈夫だね」

「うん、美味しいよ」

他愛ない会話でなんとか切り抜けられたようだ。

私は明確な意思を持って、この家を出ようとしている。そのことに多分灯里も薄々気付いているはずだ。

でも、それをお互い口には出さない。

いや、出せない。

お互いの思いは、お互いの胸の内にしまったまま。

そのあとも灯里はなにかを言いたそうな表情を何度か見せていたものの、私は受験勉強を言い訳にそれに気付かない振りをしてやり過ごした。

大学のことだけではなく和範のことでもなにか言いたかったのかもしれないけれど、今はまだ、なにも聞きたくない。

高校を卒業したら私はこの土地を離れる、それを目標に受験勉強に没頭したい。雑念に囚われて受験に失敗する訳にはいかないのだから。

そんな私を、灯里はどんな思いで見ていたのだろう……

年も明けて一月、大学入試センター試験も無事に終わった。

自己採点でなんとか目標をクリアし、前期日程の試験で無事に志望校に合格した。

和範と同じ大学も合格したけれど、私は当初の予定通り、第一希望である隣県にある志望校への入学手続きを取った。それに併せて入寮の手続きも無事に完了し、残すは卒業式と引っ越しのみ。

自由登校期間はもう勉強する必要がないので、ひたすら荷造りに明け暮れた。灯里は教習所で、いよいよ卒業検定だ。

それぞれが、それぞれの進む道を歩いていく。

そう思っていた。

だから、私と、そして和範の道が、あんなかたちでもう一度交わってしまうことになるなんて、この時の私は知る由もなかった。

いいや、和範はきっと覚えていない。

覚えていなくていい。

私だけがずっと覚えている。

私が一人、この十字架を背負って生きていく。

第三章　十字架

大学に進学して、私は当初の思惑通り自由な生活を送っていた。

寮は外部の人間の宿泊が禁止されているので、灯里や両親がこちらに遊びに来ても、泊まることはできない。

仲のいい友達は大学で新しく知り合った子ばかりで、高校以前の知り合いはいない。

サークルはこれだと思うものが見つからず、相変わらず大学構内にある図書館へ入り浸る生活だったが、生まれて初めてのバイトを始めた。

それまでの生活と違い、そばに灯里がいない。たったそれだけのことでも、比較されることがなくなった私は、ほんの少し性格が明るくなった気がする。

髪型も今までのイメージを覆し、灯里みたいに伸ばして、ふわふわのパーマをかけてみたりして、少しずつ変わろうと努力した。

誰も私のことを知らないこの土地で、灯里のようになりたい。

見た目もかわいらしくみんなに好かれる、明るい灯里。こうして離れることで、いかに今まで自分が灯里に憧れていたかがよくわかる。

髪を伸ばすなんて、思えば初めてのことだ。

ちょうど来年は成人式の写真の前撮りもするし、振袖を着るならある程度の長さがあるほうが結い上げることもできて、写真映えもするだろう。

伸ばし始めの中途半端な長さの時期はどうしても鬱陶しくて髪の毛を切りたい衝動に駆られたものの、ある程度の長さを超えたらゴムで括ったりバレッタで留めたりアレンジがしやすくなった。手入れはそれなりに大変だけど、初めてのことばかりで私は楽しくて仕方なかった。

私には灯里のようにたくさんの友達はいないけれど、少ないながらもわかり合える友達ができて、それなりに大学生活を謳歌している。

お財布事情と相談しつつも定期的に実家へ帰省していたせいか、やがて灯里がこちらへ遊びに来る回数も少なくなり、お互い少しずつ姉妹離れができてきたと思う。灯里のほうも五月の連休明けから本格的に専門学校の実習が始まって、こちらへ来る暇がないくらいに忙しくなってきたのも要因の一つだろう。

そしてあの事件が起こったのは、大学二年の夏休みのことだった。

以前から成人式を迎える前に写真を前撮りすると言われていたため、前年はお盆時期に帰省していたけれど、この年は前倒しで七月最終の土日に一泊二日で帰省していた。今回とはまた別に、お盆にも帰省するなら交通費は出すと、母は言ってくれたが、まだまだこれから私たちに学費がかかるのだ。できるだけ両親に金銭面で余計な負担はかけたくないので、この夏は前撮りの帰省だけにすると伝えた。

それに八月一日からバイトの予定がある。そんな頻繁に帰省していたらこの殺人的な暑さも加わり肉体的にもかなりきついだろう。

こんな暑い時期に前撮りなんてと思っていたけれど、シーズンオフである今の季節は撮影代金が格段に安くなるのだという。

私一人だけならまだしも、我が家は双子。当然ながら、なにをするにも出費は二人分だ。双子だからといって割引になる訳ではないので、こんなことで文句を言ってはいられない。

その代わり、八月はバイトの予定をみっちり入れた。

私は現在、給付型と貸与型の奨学金を受けており、大学を卒業したら貸与型の奨学金を返済する必要がある。今からバイトでその資金を貯めておけば就職してからわずかなりとも返済の足しになる、そう考えていたのだ。

もしこちらに残ったり他の場所で就職が決まったりしたら、生活費と奨学金の返済でお金なんていくらあっても足りないだろう。就職先が地元なら、実家に戻って奨学金返済額を多めにすればあとが楽になる。なんにせよ、現金はいざという時に、あればあるほど助かるのは事実だ。だからこそとにかく、今のうちからバイトでコツコツと貯蓄を増やしておきたかった。

手っ取り早くコンビニや飲食店でのバイトも考えたけれど、元々が人見知りな性格なだけに、接客はおそらく向いていないだろうし、寮の門限のこともあるので夜のシフトでは働けない。

効率良く家庭教師のバイトも考えたけれど、マンツーマンでの会話は、コミュニケーションスキルの低い私には難しい。

そんなことを考えていた大学一年の時、たまたま見つけたのが、ギフトショップでのラッピングのバイトだった。

倉庫で黙々と包装作業をする裏方仕事は私の性に合っているし、時給は安いけれど拘束時間も決まっているのが魅力的だった。

そう考えて始めたこのギフトショップでのアルバイトはとても自分に向いていて、私は長期休みのたびに仕事を入れてもらっていた。

この土日の帰省から戻ったら、週明けにはもう仕事が始まる。なかなかの強行スケジュールだ。

成人式の前撮りのために朝一番の電車で帰省して、美容院で着付けとメイクをしてもらい、午後から撮影する。

夜は地元の川祭りで花火が上がるので、灯里は撮影のあとで友達と一緒に見に行くと言っていた。私にも、一緒に行こうと誘ってくれたけれど、私は一人で人気(ひとけ)のない場所からひっそりと見るつもりだった。

決して一緒に行きたくなかったのではない。今回の帰省は朝も早かったし、タイトなスケジュールでバタバタしていたので人混みの中にいると余計に疲れてしまうと思ったのだ。加えて尋常ではない近年の暑さで、体力を消耗してしまうのは目に見えている。

髪は振袖を着る時に結い上げてもらうので、写真撮影が終わったら灯里はその髪型のまま浴衣(ゆかた)に着替え、出掛けるのだろう。私もこの日のために髪を伸ばして、緩くパーマもかけているため、ぱっと見、灯里と見分けが付かないくらいに、今の私たちはそっくりだった。

下手したら一卵性双生児と間違われても不思議はないほどだ。

今回撮影をしてくれるのは、全国展開している大手のスタジオではなく地元にある写真館で、昔から衣装が豊富なことで有名だ。

振袖の柄は、前もって母と灯里が選んでくれていたので、私は当日までどんなものが用意されているか知らなかった。十時前に早めのお昼ご飯を食べて灯里と一緒に写真館へ行くと、着物と帯、草履など一式揃えられてあり、それを持って提携している美容院へ連れていかれる。

灯里の着物は黒地に桜吹雪のデザインのもので、帯は紅色。

私のために選ばれたのは緑の生地に百合の花があしらわれているもので、帯はオレンジ色。草履はお揃いだ。

名前のイメージから灯里は紅色、私はオレンジ色だとよく言われていたので、てっきりその色の着物を選んでいるのかと思っていたけど、帯をその色にして、そのイメージに合う色の振袖を選んだとのことだった。

髪の毛をセットして、メイクをしたあとに着付けてもらうと、二人の選んだそれらが間違っていなかったことを実感した。灯里も黒の振袖がよく似合っている。

「光里、緑色の振袖がよく映えるね」

灯里は眩しそうに目を細めて微笑んだ。

「こうして見ると、私たち、やっぱり双子なんだって実感するね。本当に見た目そっくりだよ」

美容師さんが二人同じようにメイクを仕上げているせいもあり、二人並んで姿見を見ると、本当によく似ている。

灯里はとても嬉しそうだ。

そしてなにを思ったのか手荷物からスマホを取り出して、美容院のスタッフさんに、私たちが並んだ写真を撮影するようにお願いしていた。

「え？　スタジオで撮るからいらないでしょう？」

けれど、灯里は私の声になんて耳を貸さずにポーズを取る。私もつられるようにスマホのほうを見ると、シャッター音が響いた。

「それはそれで、またプロに撮ってもらうけれど、ここまで似てるんだよ？　せっかくだから記念に残したいじゃない？」

もしかして、灯里は誰かにこれを見せるつもりだろうか。

「やだ、恥ずかしい。灯里、誰かに見せたりとかしないでよ？」

私は、灯里のスマホに収められた私たちの画像を見ながら釘を刺す。私の知らないところで、なにを言われるかわからない。

灯里はにっこりと微笑みながら答えた。

「えー、これＳＮＳにあげようかと思ってたのに。ダメ？」

やっぱりだ、確認してよかった。

「ダメ！　私の画像はやめて。せめて灯里一人のにしてよ、私は絶対にいやだから」

珍しく私が本気でいやがっているのを見た灯里は驚いて、しばらく呆気に取られていた。

だって、灯里の友達に私の画像見せてどうするの？

みんなに激似って言わせたいの？　灯里はそれが嬉しいの？

今の灯里の交友関係はわからないけれど、もしもまだ和範と付き合っているなら……

仮に別れていたとしても、もしかしたらＳＮＳかどこかでは繋がっているかもしれない。

私はＳＮＳをやらないので仕組みもわからないけれど、私の知らないところで私の知らない人に写真を見られるなんて絶対にいやだ。ましてや、和範に見られるなんて考えただけで恥ずかしくなる。

出会ってからもう四年、卒業して会わなくなって一年。私は未だ和範のことを忘れられないでいる。

なぜだろう。

藤本くんの時は、中学校を卒業して会わなくなったら忘れることができたのに。

もしかすると恋愛の傷は恋愛でしか癒せないって言う、アレだろうか。他に好きな人が現れたら、和範のことを忘れることができるのだろうか。

いや、和範のことに関しては、私が全く自分の意思表示をしていなかったからだろう。藤本くんへは告白こそできなかったものの、彼のために本を選んでプレゼントしたことで、ある程度心の整理がついたのだと思う。けれど和範に関しては、不完全燃焼で燻(くすぶ)った心を未だ持て余している。

きっとこんな状態では、仮に気になる人が現れたとしても、忘れることなんてできないだろう。

その前に気になる人すらできる気がしない。

これは、和範本人に会ってなにかアクションを起こさなければ、前に進むことができないのかもしれないな。

でも私は和範の連絡先なんて知らないし、もちろん灯里には聞けない。

私の必死な顔を見て、灯里は笑いながら答えた。

「大丈夫だよ、光里のいやがることはしない。お父さんとお母さんにしか見せないから。光里、せっかく綺麗にお化粧してもらってるのに、そんな怖い顔しないで？」

もしかしたら灯里には私の表情が鬼の形相にでも見えたのだろうか。

私はひとまず興奮を鎮めるために、持参していたペットボトルのお茶を口に含んだ。結露が付くと荷物が濡れてしまうと思い常温保存していたけれど、温いせいでたくさん飲もうとは思えなかった。

撮影の間、貴重品以外は美容院で預かってくれるとのことなので、着替えを置かせてもらい、貴重品の入ったバッグだけ持って写真館が手配してくれたタクシーに乗り込むと、年配の運転手さんがにこやかな笑顔で迎えてくれた。

私たちはせっかくの晴れ着を着崩さないように気を付けながらタクシーから降りて、写真館へ入っていく。

写真館の店内は、これでもかと言わんばかりにエアコンが効いていて、あっという間に汗が引いた。むしろ肌寒く感じるくらいだ。振袖のおかげで凍えはしなかったけれど、空調の温度設定はもう少し考えたほうがいいのではと思う。

スタッフのお姉さんに案内されてスタジオに入ると、色々なスクリーンやセットがあり、見ているだけでワクワクした。

二人一緒の写真も何枚か撮影するけれど基本は一人ずつ撮影するそうで、お互いが空いている時にお互いを、カメラマンさんの邪魔にならないようにスマホで撮影しよう、と灯里が提案してきた。

私も高校を卒業する時にやっとスマホデビューをしたので、綺麗な画像が残せるようになった。

あの時和範にもらったイヤフォンジャックカバーも、現在はお守りのように付けている。あの当時灯里もスマホに和範からもらったそれを付けていたけれど、気が付けばいつしか別のものに変わっていた。

あの時和範は灯里に渡したものと色違いのお揃いと言っていたから、きっと灯里も見れば和範からのプレゼントだとわかるだろう。ひょっとしてこれは灯里の目に触れさせないほうがいいかもしれない。

私は、そっとそれをスマホから外して、お財布の小銭入れの中へしまい込んだ。

先に灯里から撮影を始めるとのことで、私は灯里から預かったスマホのカメラアプリを起動させる。

縦に横にとスマホを向けて、灯里のアップ、全身を写し出した。

二人一緒の撮影では、灯里と雑談しながらカメラマンさんの指示に従って色々とポーズを取る。

和やかな雰囲気の中での撮影は、セットを変えたりスクリーンを変えたりで多少の時間はかかったものの、夕方までには終えることができた。

美容院で振袖から私は普段着へ、灯里は浴衣に着替える。

着物は写真館のスタッフさんが回収に来るからそのままでいいと言われたので、シワにならないように和服用のハンガーに掛けておいた。

　写真撮影と着慣れない振袖で思いの外体力を消耗していたようで、今朝着てきたシャツワンピに着替えると、ドッと疲れが出た。

　灯里は人馴れしているだけあり、浴衣に着付けてもらうとさっきよりも涼しいし動きやすくなったと逆に生き生きしている。

　一度帰宅して、灯里は朝着用していた服を洗濯機に入れて、キッチンへ向かう。

「今日からお父さん、出張で広島だったっけ？」

　灯里が大きな鍋に水を張りながら私に声を掛けてきた。私は庭先に干してあった洗濯物を取り込み、それをたたみながら返事をする。

「うん、帰ってくるの、明後日だって。せっかくこっちに帰ってきてるのに、私、お父さんの顔を見ずに向こうに戻ることになるなぁ……」

　今日は七月三十日。明日には向こうに帰らないと、八月一日からのバイトに間に合わないのだ。

「お母さんもおばあちゃんのところだし、今日は私たちだけだね」

　母は体調を崩した母方の祖母の家で、泊まり込みの看病をするらしい。

「おばあちゃん、大丈夫かな」

　久しく会っていない祖母の容態が気にかかる。

自宅の庭の草むしりをしていて熱中症になったとのことで、昨日のお昼から母は祖母の家に行ったきりだという。

きちんと帽子を被り、首に冷感タオルも巻いて、水分補給も欠かさずに行ったにもかかわらず、熱中症になってしまったのだと母からの連絡で知ったのは、帰省前日の夜のこと。やはり近年の夏の暑さは尋常じゃない。

私たちは双子だから、乳幼児期は特に母一人で私たちの世話をするのは到底無理で、日中はいつも祖母がうちに来て、私たちのお世話をしてくれていた。幼少期のアルバムの写真には、必ず祖母も一緒に写っている。

そんな大好きな祖母を、私は一度だけ本当に困らせたことがあった。

あれは五歳の誕生日のことだ。

灯里にプレゼントされた、一つしかないぬいぐるみを、自分も欲しいとワガママを言った挙句、灯里と取り合って壊してしまったのだ。

母や祖母を困らせただけでなく、灯里を泣かせて、深く傷付けた。

あの日の灯里の泣き顔を、私は今でも忘れられない。幼心にも、あの泣き顔がトラウマになっていた。

きっと灯里もあの日のことを忘れてはいないだろう。

それを思うと、今でも申し訳なくて胸が苦しくなる。

以降私は、灯里を傷付けるのではないかと考えると、自己主張をすることが怖くなってしまった。なにかを欲しいと言うことも、なにかを好きだと言うこともできなくなった。

「明日の夕方には帰ってくるって連絡入ってたよ。今日の写真送ったら、その返事で書いてあった。おばあちゃんにも写真、見せてあげたって。『二人ともよく似合ってる』って言ってたよって」

灯里はそう言ってそうめんを茹でながら、薬味を用意し始める。私はたたんだ洗濯物を片付けて、あちらへ戻る荷物をまとめはじめた。

灯里の言葉に、私の胸は温かくなる。

おばあちゃんにも、直接私たちの振り袖姿を見てもらいたかったな……

「そっかぁ……、なら今回はお母さんの顔も見ずに戻らなきゃいけないんだ、私」

ポツリと呟いた私の言葉に、灯里が即座に反応した。

「向こうに戻る前に、おばあちゃん家に寄ればいいじゃない。明日は何時の電車に乗る予定？　時間が大丈夫だったら車出すよ」

この街から大学のある隣県へのアクセスは、電車がメインだ。

私は車の免許を持ってないし、仮に取得していたとしても、寮には駐車場のスペースがないので乗っていくことはできない。

「まだ決めてないけど、午前中にはこっちを出るよ。次の日からバイト入れてるから、それまでに一度、バイト先に挨拶も行きたいし。だから今回は時間的に、無理だなぁ。せっかく灯里がそう言ってくれてるのにごめんね。おばあちゃん家に行きたいのはやまやまだけど……」

私の返答に、灯里はわかったと返事をした。

ある程度の荷造りを済ませると、私は灯里の手伝いをするために食器棚に向かう。

「器、どれ使うの？」

私の声に、灯里はカウンター越しに返事をした。

「そのブルーのやつ、二枚ね。麺つゆ用は、上の段にある江戸切子のがいいな。薬味はもう適当に入れていい？」

私は灯里に言われるがまま、ブルーの平皿を二枚、江戸切子の器を二つ出してキッチンへ運んだ。

それを一度綺麗に洗い、布巾で水気を拭き取り、邪魔にならない場所へ置くと、ダイニングテーブルを拭く。

「そうしたら、私、明日の朝は起きられないかもなぁ。光里、悪いけれど明日は朝ご飯、作らなくても大丈夫？」

私の都合で灯里を振り回す訳にはいかない。それに私たちも十一月には二十歳になるのだから、そんなことは自分でどうにかできる。せっかくの休みだから、灯里にはのんびり過ごして欲しかった。

「うん、もちろん。私も適当に済ませるし、今日は遅くまで遊ぶんでしょ？　でも、朝帰りだけはやめてよね」

冗談めかして言ってみた。

「あはは、それはないって。今日は由紀ちゃんの実家のお店のプレオープンだから、花火を観たあとにサクラをするの。閉店が今日は二十三時だからそれまでお店にはいるけど、多分日付けが変わる前には帰れるはずだよ」

灯里の友達である由紀ちゃんの実家はイタリアンレストランを経営しているそうで、今日はリニューアル前のプレオープンに呼ばれたそうだ。

学生の目線で気付いた点があれば意見が欲しい、と言われたとかで、灯里以外にも何人か呼ばれているらしい。

灯里はきっと味覚、嗅覚、視覚からプロの料理を吸収するのだろう。

用意されたそうめんを一緒に食べながら、花火の開始時刻を確認する。

「今日の花火は二十時からじゃなかったっけ？」

「うん、混むと思うからちょっと早めに行って場所取りしなきゃ。光里はどうするの？」

「んー、そこの堤防のところから見ようかと思ったけど、今日の撮影で意外と体力使っちゃったし、もう今年は部屋で涼みながらチラ見するだけかも」

実は二階の私の部屋からも、若干だが花火が見えるのだ。

昔は遮る建物がなかったので、綺麗に見えていたけれど、年月を重ねるうちに何棟もマンションが建って景観が悪くなった。

「明日に備えて早く寝ようかな」

「了解、なら帰ったら静かにしなきゃね」

「うん、睡眠妨害しないでね」

お互い顔を見合わせて笑うと、十九時を知らせる時計のメロディが流れた。

「あ、やだ。もうこんな時間だ。光里、悪いんだけれど片付けお願いしてもいいかな？」

どうやらそろそろ由紀ちゃんが迎えに来るらしい。

灯里は出かける支度を始めたので、私は灯里の使った食器をシンクに運んだ。

「うん、もちろん。せっかくなんだから楽しんでおいで」

灯里が歯磨きを済ませて化粧直しを終えたタイミングで、玄関のインターホンが鳴った。

「じゃあ行ってくるね」

灯里は慌ただしく家を後にした。

私はテレビをつけて娯楽番組を観ながら残ったそうめんを食べ、灯里の使ったものと一緒に食器を洗う。

洗い物が終わると、今日一日いっぱい汗もかいたことだし、シャワーを浴びることにした。

今日着ていた服は明日持ち帰る荷物の中に入れるので、洗濯機には入れずたたんで床に置いた。下着は、たたんだ服の間に紛れ込ませる。

全身にシャワーを浴びて軽く汗を流したあと、丁寧に化粧を落とし、髪を洗う。かけていたパーマは、もう灯里の癖毛くらいの緩さになっている。髪の長さも、高校を卒業してから切っていないので、胸の少し上くらいだ。私の中では今までで一番長いだろうか。

換気扇を回していても浴室の湿度の高さに耐え切れず、早々に身体を洗って風呂場から出る。

風呂上がりにタオルで髪をざっと拭きながら冷蔵庫の中を物色してみたけれど、ミネラルウォーターはおろか、お茶すら入ってなかった。

ＩＨヒーターの上を見ると、煮出した麦茶がそのまま置かれている。

灯里、慌てて出掛けたからきっと麦茶を冷やし忘れたんだな。

私は麦茶を容器に移し入れると、耐熱用のグラスにすぐ飲む分だけ注ぎ、氷をグラスいっぱいに落とした。

グラスの中の氷は、パチパチと音をたてながら見る見るうちに溶けていき、麦茶は常温とそんなに変わらないくらいの熱さにまで冷めた。それを飲み干したものの、なんだかまだ飲み足りない。

私はスキンケアをざっと済ませて髪の毛を緩くアップにまとめ、Tシャツに膝丈のデニムのタイトスカートを穿くと、近所のコンビニへお茶を買いに出た。すぐに帰るつもりだったので、家から持ち出したのは財布と鍵だけだ。

自宅から一番近いコンビニでも、徒歩で十分はかかる距離にある。

コンビニに到着した私は、まっすぐにお茶を入れてある冷蔵庫へ向かい、一番安いオリジナルブランドの商品に手を伸ばした。

ついでにおやつも買おうか迷ったけれど時間も時間だし、やめておこうとレジへ向かうと……

そこに、和範がいた。

まさかの偶然に驚きながらも、私は俯いて気付かれないように和範の並ぶレジの少し後ろで順番を待つ。

でも……

「あれ、灯里？」

和範はこちらに気付いて声を掛けてきたものの、どうやら私を灯里と勘違いしているようだ。

卒業して一年以上経つ。

高校在学中にすらあまり話せていなかったというのに、こんな不意打ちにどうすればいいだろう。

和範は、私のお会計が終わるまで、他のお客さんの邪魔にならないように入口付近で待ってくれている。

支払いを済ませて商品を受け取った私は、俯かずまっすぐに和範を見つめた。

もう、あの頃の私とは違うんだ。

この一年以上、灯里をお手本に、自分を変えようと意識してきた。髪型が似ているのもあるけれど、灯里と間違えられているのは、多少なりとも灯里のように明るくなれたからではないだろうか。

そう思うと、このままどこまで光里だとバレないでいけるか、気になってくる。

だから、敢えて和範の勘違いを正さないでいた。

和範を改めて見てみると、顔が少し赤く、目付きはいつになく目尻が下がり……

どことなく、いつもの和範とは違う……？

「もしかして、お酒飲んでる？」

口調も、灯里を意識して、少し明るめにしてみた。

「ああ、今日で二十歳になったから」

和範の言葉で、今日が彼の誕生日だということを初めて知った。

二十歳になり、お酒が解禁になったからなの？

和範の手に下げられた買い物袋の中には、これまた結構な量のお酒が入っている。

「もしかして、それ、全部一人で飲むつもり？」

和範がどのくらいの量を飲んでいるかわからないけれど、これはあきらかに飲み過ぎではないだろうか。急性アルコール中毒にでもなったら大変だ。

「そう、花火見ながら飲もうかと思ってさ。そうだ、灯里もおいでよ」

そう言って、和範は私の手を引いて歩き始めた。

「ちょっと待って。どこに行くの？」

酔いが回っているのか、歩く足取りも少しおぼつかない。

掴まれていた手を離されて一安心したものの、和範は支えがないと転んで怪我してしまうかもしれない。そう思っていたら、案の定、和範は足がもつれて転んでしまった。

レジ袋に入っていた缶チューハイが、路上に転がっていく。

私は和範を道路脇の邪魔にならないところまで無理やり連れていき、路上に転がった缶を拾い集めた。

本数はさっき、ざっと見ただけで四本はあったはず。

転がった缶を拾ってレジ袋の中に入れ直すと、和範のもとへ戻った。

「お家はどこ？」

このままじゃ和範は酔いが回って歩けなくなるのは目に見えている。

転んだ拍子に、手のひらや脚を擦(す)りむいている。早く消毒もしたい。けれど、私だけではどうしようもない、と考えあぐねていた時だった。

「あれ、カズ？　って、灯里も一緒じゃん」

見覚えのある顔が、私たちに声を掛けてきた。

この人たちは灯里の友達で、何度かうちにも来たことがある。

確か……、田中(たなか)くんと加代子(かよこ)ちゃん。

どうやら私の姿は、二人にもすっかり灯里に見えているようだ。

「やだ、カズってば転んだの？　田中くん、これは灯里だけじゃ運べないよ」

「ホントだな、てかなんでこんなに酔ってるんだ？　なぁ、なにかあった？」

加代子ちゃんと田中くんが、和範の両側に回り込み、路肩に寄せてあった車に連れていく。

私はその後ろをついて歩いた。

「私もさっき、そこのコンビニで会ったの。でもその時点で結構酔っ払ってたみたいで」

加代子ちゃんが後部座席のドアを開けて、田中くんがそこに和範を乗せると、私を招き寄せる。

咄嗟に意味がわからず立ちすくんでいると、加代子ちゃんが私に声を掛けた。

「カズを家に連れていくから、一緒に送ってくよ」

元々灯里と仲の良かった彼らだ。この状況で私一人置いていくというのも仲間外れのようで忍びないのだろう。私はどうしようか悩んだけれど、素直に従うことにした。

とりあえず家まで送り届ければ、誰かいるだろう。家族に引き渡したら、私もその足で帰ればいい。

そう思って、言われるままに和範の隣に座り、田中くんの運転で和範の実家へ向かう。

私は和範の実家の場所すら知らないから、田中くんが車で送ってくれるとは言ってくれたものの念のため道順を覚えておこうと思い、車窓の景色を眺めていた。

和範は、車の揺れに眠気を誘われたらしく、少しすると寝息が聞こえてきた。そんな様子を見て加代子ちゃんは呟く。

「カズも呑気に寝ちゃったね。こんなになったの初めて見たけれど、田中くんは見たことある？」

田中くんはハンドルを握りながら加代子ちゃんの問いに答えている。

「初めてだ。……そういや、今日カズ、二十歳の誕生日だったな。おおかた、先輩にでも飲まされたんじゃないか？　にしても、飲ませすぎだろ」

苦虫を噛み潰したような表情を見せる田中くん。

「相変わらずバスケやってるの？」

私はさりげなく聞いてみた。卒業してから、高校時代の同級生とはほとんど会っていない。ましてや科が違って元々接点の少ない私は、和範の卒業後のことなんて全く知らない。

「あれ？　灯里、カズと卒業後会ってないの？」

加代子ちゃんがドリンクホルダーからペットボトルのお茶を取りながら私に話を振ってきた。

「あー……、うん。実習が忙しくて、あんまり遊ぶ暇ないんだ」

灯里が今も和範と会っているのか、まだ付き合っているのか、私は知らない。

だから灯里から聞いた話を思い出しながら、当たり障りのない返答をして誤魔化す。

どうか私が光里だと気付かれませんように。

ボロが出ないよう極力口数は少なめに、でもオドオドしてるとバレちゃうから、できるだけ平静を装って。

「そうなんだ、頑張っててえらいね」

加代子ちゃんの言葉に、私は曖昧に頷いた。

だって頑張っているのは私じゃなくて灯里だから。

田中くんは五分程車を走らせて、とある住宅の前に停車した。

表札には、『滝沢』とある。おそらくここが和範の実家だろう。でも、玄関の門灯以外、明かりが点いていない。家の中に人のいる気配がしない。

もしかして、誰もいないの？

私と加代子ちゃんは一緒に車から降り、玄関のインターフォンを鳴らした。

「あれ、もしかして誰もいないのかな？」

加代子ちゃんがインターフォンを何度か鳴らすけれど、しばらく待っても反応がない。

しびれを切らした田中くんが、和範を担いで車から降りてきた。

「マジかよ。おい、カズ。鍵借りるぞ！　鍵どこに入れてるんだ？」

田中くんが和範のジーンズのポケットの中に手を入れて鍵を取り出すと、勝手に鍵を開けて家の中へ連れて入った。

玄関の中も明かりが消えており、真っ暗だった。

田中くんが勝手知ったると言わんばかりに玄関ホールの電源スイッチを点けると、三和土には一足も靴がなく、家の人は不在だということが改めてわかった。

田中くんは和範の家に何度か遊びに来たことがあるらしく、和範の靴を脱がせると二階の部屋へと連れて上がったので、私たちも後に続く。

階段を上がってすぐのドアを開け、田中くんが明かりを点けると、そこは六畳くらいの広さのスッキリと片付いた部屋だった。どうやらここが和範の部屋らしい。

和範は買い物からすぐに家に戻るつもりだったのか、部屋は冷房がよく効いていた。

田中くんは和範をベッドの上に転がすと、思いっきり身体を伸ばして負荷がかかった部位を解している。和範は、一旦目を覚ましたものの、油断するとまたすぐに眠りそうな雰囲気を醸し出している。

「これ、怪我の手当てしなくても大丈夫かな？」

加代子ちゃんが和範の手のひらの擦り傷を見て、田中くんと私に声をかける。

「あーあ、これは派手に転んだな。でも薬箱の場所まではさすがにわからないし、勝手に他の部屋を探すわけにもいかないだろう」

「てか、もう花火始まっちゃう。早く移動しなきゃ渋滞に巻き込まれるよ」

「でも、カズをこのままにはできないからな……」

話を聞いている限り、二人は花火を見に行くつもりだったのだろう。デートの最中に、悪いことをしてしまった――そう思ったら、加代子ちゃんと田中くんの会話に、私はついつい口を挟んでいた。

「私、ご家族の方が戻るまで、残ろうか？　この後特に用事もないし。酔いが覚めた時に、どうやって帰ってきたかとか、きちんと説明しといたほうがいいんじゃないかな。それに、施錠せずに放置するのはあまりにも不用心だよ」

私の意見に二人が私を見つめる。

「そりゃ、そのほうがいいのはもちろんだけれど。カズ、この調子じゃすぐに寝ちゃいそうだし、いつ起きるかわからないよ？　灯里、帰り大丈夫か？」

田中くんが口を開く。加代子ちゃんは、ことの成り行きを見守っているようだ。

「ここなら駅も近いし、いざとなればタクシー拾うよ。二人とも、これからデートでしょう？　どっちにしろ、私はお邪魔だろうし」

「でも……」

「でも、じゃないの。ほら、早く出ないと渋滞に捕まるよ。おうちの方が戻られたら事情を話してすぐに帰るし。私のことは心配いらないからね」

私は二人にせっかくのデートを楽しんでもらいたいから、敢えてここに残ることにした。

今から私を自宅に送ったら、確実に渋滞に捕まってしまう。なので帰りの手段も伝えて促すと、二人は渋々ながらも納得し、一緒に玄関まで下りた。

「本当に大丈夫？」

加代子ちゃんがサンダルを履きながら私を見つめる。田中くんはそんな加代子ちゃんの腕を支えている。これ以上二人の邪魔はしたくない。

「うん、大丈夫だと思う」

「なにかあれば、携帯鳴らせよ」

田中くんはそう言って玄関を出ると、路上駐車していた車のライトを点けてエンジンをかけた。

助手席に乗り込む加代子ちゃんに手を振り、車が角を曲がるまで見送ると、私は和範の家に戻った。

和範の部屋の、壁に掛けてある時計で現在の時刻を確認すると、二十時十分だった。ちょうど川祭りの花火大会が始まり、河原方面に人が集中している時間帯だ。

二人が無事、花火を楽しめるといいのだけど……

私は玄関で、自分の脱いだサンダルの向きを揃え、脱ぎ散らかされた和範のシューズもついでに揃えておいた。

家主に断りなく動き回るのは失礼なことだと重々承知してはいるけれど、洗面所らしき場所を探し、手を洗わせてもらう。潔癖というほどではないけれど、和範の血液が、私の手に付着してしまっていたのだ。

そして、階段を上り和範の部屋に戻ると、さっきよりは意識がしっかりしている、でもまだあきらかに酔いが抜けていない和範が、ボーっとした表情でベッドの上に座っていた。

「気が付いた？」

私は部屋の入口で和範を見つめた。

「……灯里？」

酔いから醒めていない彼の瞳が、熱を帯びているように見えるのは気のせいだろうか。

「僕、かなり酔ってるな。灯里が光里ちゃんに見える……」

意外にもしっかりした和範の言葉に、そこまで酔っていないのかと思ったけれど、今はそれよりも……

和範は、もしかして私が光里だとわかるの？

そのことに、驚きを隠せなかった。

緩くアップにしていた髪の毛は、先ほど和範を運び込む時にバレッタが壊れて崩れてしまったため、今は髪を下ろしている。

緩いパーマと、一年ちょっと地元を離れ、灯里と離れて身に付けた自信のおかげで、高校時代の私とは雰囲気は変わっているはずだ。

少なくとも、先ほどの二人は私を灯里だと信じて疑わなかったくらいだから。

それなのに、私を見て『光里ちゃんに見える』だなんて……

「光里ちゃんのはず、ないよな。夏休みは帰らないって、前に灯里言ってたもんな。……酔い覚ましに顔洗ってくる。灯里、ちょっとだけ待ってて」

和範はそう言うと、部屋を出て階段を下りていった。多分さっき私が勝手に使わせてもらった洗面所に向かったのだろう、廊下から和範の足音と、それから水道の蛇口を捻ったと思われる水音が聞こえてくる。

部屋を出ていく直前、ボソッと呟いた和範の言葉に、突如疑問が湧いた。

私は夏休みに帰らないと灯里が言ってたって……

一体どういうことだろう。

和範が部屋に戻ったら、それとなく聞いてみようか。

階段を上がってくる足音が聞こえ、部屋のドアが開くと、和範がタオルを片手に入ってきた。勢いよく顔を洗ったのか、前髪が水で濡れている。和範は擦りむいた手や肘も水で洗い流したようで、血で汚れていた腕は綺麗になっていた。

「光里は夏休みに戻らないって……。私、そんなこと言ったっけ？」

和範は自分のベッドに腰を下ろし、私のことを見上げている。

まだ私が光里だと見破られてはいないはずだ。さっきの二人だって私のことを灯里だと信じて疑わなかったのだから。……今の私は、あの頃の私とは違うのだから。

声が震えそうになるけれど、今の私は灯里なのだと自分に言い聞かせ、精一杯の演技をする。ここでバレちゃいけない。

「光里ちゃん、夏休み中はずっと向こうでバイトなんだろう？」

確かにまとまった長期の休みはバイトに充てているので、基本的に帰省はしていない。

けれどこうして前撮りのために帰省することは前から決まっていたし、当然灯里がそれを知らないはずがない。

もしかして、灯里は和範に嘘をついている？

でも、もしそうなら、なぜ……

まさか灯里は、私の気持ちがまだ和範に残っていると気付いているのだろうか。

それなら一連の流れに納得が行く。

そこまでして、灯里は私を和範に会わせたくないんだ。

灯里はそこまで嫉妬深い子だっただろうか？

私のいやがることなんて絶対にしない子だったはず。

でも……

それは表面的なことで、本当は違うのかもしれない。

こうやって和範に嘘をついてまで、私と接触させないようにしているくらいだ。やはり灯里は、隣県の大学に進学してこの地を離れ、彼に会っていない私にさえ嫉妬するくらいに、和範のことを大切に想っているのだろう。

そう思うと、やはり私がこの場に残ったことは間違いだった。

この家の中には、私たち二人きりなのだということを改めて意識してしまう。

私はもう帰るつもりで、先ほど自分用に買ったお茶をそっと差し出した。

「喉、渇いてるでしょう？　良かったら、どうぞ」

お茶を受け取ると、和範はそれを一気に半分近くまで飲み干した。和範が買った缶チューハイは、買い物袋に入ったまま机の上に置かれている。

和範が一息ついたのを見守ると、私は部屋を出ようとしてドアノブに手をかけた。

「待って！」

和範がベッドから立ち上がり、私を呼び止める。

酔いがまだ完全には抜けていなかったのだろう、脚がもつれて倒れそうになる和範を、私は放っておける訳がなかった。

「危ない！」

私は咄嗟に倒れ込んでくる和範に手を差し伸べて、一緒にその場に崩れ落ちた。

「「……いったぁ……い」」

私たちは同時に同じ言葉を発していた。

まるで気の合う恋人のようだ、なんて思ったのは私だけかもしれないけれど、現在この家には私たち以外は誰もいない。そんな妄想くらいさせて欲しいと思ってしまう。

和範に駆け寄った拍子に、私の財布の小銭入れの口が開いて、中の小銭が音を立てながら部屋に散らばってしまった。和範がまだボーっとしている間に、落とした小銭を拾い集める。

あらかた拾い集めてお財布の口を閉めると、和範は私の腕を掴んで、こちらをじっと見つめた。

緊張と沈黙、なんとも言えない張りつめた空気。

和範は私の顔にその端整な顔を近づけて――気が付けば、私たちはキスをしていた。

冷房のよく効いた部屋の中、遠くで花火が打ち上がる音が聞こえる。

河原からこの場所は割と距離があるから、花火の光が見えるのとお腹の底までズンと響く音が届くまで時間差がある。

花火の閃光が時々、窓ガラスに反射する。

突然の出来事で、私は頭の中が真っ白になっていた。

和範の眼差しは、先ほどよりも更に熱を帯びたものに変わっている。

「……好きだ」

突然の和範の告白に、私はますます混乱する。

これは、私を『光里』だときちんと認識して言ってくれているの？

それとも……

私に考える時間を与えないくらい、和範は、早急にキスをする。

抵抗することすら忘れて、和範のキスを受け入れる私。

そんな私の心に悪魔が囁いた。

灯里の身代わりでもいい。和範が手に入るなら……

今なら、私を見てくれる。

私だけを、愛して欲しい。

私は灯里とは違って、好きな人に求められたらそれに応えたい。私にだって、人並みに性欲はある。

たとえ身代わりでも、和範が私を求めてくれているのなら。

これから起こるであろう和範の行動を、全て受け入れる覚悟ができた。

床の上で私に覆い被さり、私にキスをする和範の背中に、躊躇(ためら)いながらもそっと手を回す。その手に気付いた和範は、私の身体を抱き起こし、そのままベッドへ連れていく。

和範に促(うなが)されるままベッドに横たわると、彼は私の上に跨(また)がった。酔っ払っていても、私に体重をかけないようにしてくれている和範の気遣いに心が躍る。そして私を組み敷いて見下ろす和範の、ますます熱を帯びていく瞳に囚われる。

灯里の身代わりでもいい。

今だけは、私はあなたに望まれて抱かれるんだ。

私はゆっくりと近づいてくる和範の顔を見つめる。再び唇が重なった時、私の瞼(まぶた)は自然と閉じていた。和範の唇が少し開き、私も合わせて唇を開くと、温かい舌が私の咥内(こうない)

に侵入してきた。

くちゅくちゅ、と唾液の混ざる音が、私の脳内に響き渡る。

欲情されているとわかり、私も興奮するものの、この先をどうしていいのかがわからない。

お酒を飲んでいるからアルコールの匂いと味がするものの、和範のキスはいやではなかった。むしろ、もっと欲しいと、自ら強請ってしまいそうになる。

和範のキスは、まるで私を惑わせる媚薬のようだ。

「……ん……。んんっ……、はあ……、あっ……」

無意識のうちに、唇から吐息と一緒に声が漏れる。

そんな私の声を和範は聞き逃さず、角度を変えて、私の唇を貪るようにキスの雨を降らせてきた。

一度触れて知ってしまった和範の唇を、その温もりを、私は何度も欲してしまう。

和範という名の甘い蜜の味を知ってしまったから……

大学に進学しても相変わらず図書館通いばかりで彼氏などいない私にとって、正真正銘、全てが初めての経験だ。

これから自分の身に起こるであろう行為も、もちろん初めてだ。

でも、後悔はしない。

なぜなら、相手が和範だからだ。

ずっと好きだった人に初めてを捧げるのだから。

もし仮に、和範がお酒に酔った勢いでこのことを覚えていなくても、それはそれで構わない。

私がずっと覚えている。

私の大切な初めてを、ずっと大切に思っていた、最愛の人に奪ってもらえるのだから。

それがたとえ、灯里の身代わりとしてでも……

お互いの口付けが深くなり、部屋にはリップ音と唾液の混ざり合う淫猥な水音が響いている。

和範の舌が私の咥内に侵入して、歯列をそっとなぞっていく。その動きはゆっくりと慎重で、和範の穏やかで優しい性格そのものだ。アルコールの味も、深い口付けを重ねるうちに段々と感じなくなっていった。

私は和範のキスだけで蕩けさせられてしまう。

好きな人と交わすキスがこんなにも気持ちいいものだなんて、私はこの日初めて知った。

こんな甘い誘惑、中毒にならないのがおかしいだろう。

「んんっ……、……ふぅ……、あっ……」

キスの最中も、私の吐息から声が漏れていくのを和範が自(みずか)らの唇で塞いでくる。

和範は、キスで蕩(とろ)けて思考が鈍(にぶ)っている私のTシャツをまくり上げ、脱がせにかかった。私は和範の行動に抵抗することなく、自(みずか)らそれを脱ぎ捨てた。

上半身が下着だけになった私の肌に和範の手がそっと触れると、唇から耳元、首筋へと口付けが移動していく。そして、和範の大きな手のひらがブラジャーの上から私の胸を包み込んだ。

肩紐をそっとずらされて、ブラジャーのカップは胸の頂がギリギリ隠れるか隠れないかくらいになっている。

そして、和範は、見つけた。

「ホクロ、かわいい」

私の右胸の内側にある小さなホクロ。これは、灯里にはないものだ。

もしかして、和範は灯里を過去も現在(いま)も抱いてないの？

男性に関して異常なほど奥手な灯里だから、その可能性は高い。

灯里は、私の胸元のホクロのことを知っていただろうか。

思春期の頃に突如現れたホクロで、確かその頃はもうお風呂も別に入っていたはずだから、灯里はこのホクロのことを知らないと思うけれど……

どうしよう。いつか、このことが灯里にバレてしまうかもしれない。

でも、そう思うと背徳感からか和範から施される愛撫が尚更愛おしくなる。

今夜だけでいい。

せめて今だけは、私に幸せな夢を見させて欲しい。

灯里でも光里でもない。和範から欲情されて愛される、ただ一人の女性として。

和範からこれでもかと言わんばかりの愛撫を全身に受けて、私は我を忘れて蕩けていく。

いつの間にか胸に引っかかったままだったブラジャーも取り払われて、上半身は裸にされていた。

露わになった私の胸に、和範が息を呑む。それだけで、私の身体に欲情してくれているのが充分に伝わった。

和範が触れる場所全てに、私は敏感に反応する。

もしかして和範の手には魔法がかかっているのだろうか、私の身体全てが和範の愛撫に悦んでいるかのようだ。

和範も、まるで宝物を取り扱うかのように優しく繊細に、時には激しく、私の身体に触れてくれる。

「んんっ……、んふぅ……、ああっ！　……あっ、はぁ……」

和範が私の胸の先端に触れるたびに、そこに吸い付いたりゆっくりと舌を這わせて転がすたびに、私の下腹部が熱くなる。そして身体の奥から蜜が泉のように溢れ出す。

自分ではどうしようもないくらい、下半身が熱く濡れそぼっているのがわかる。それに比例して、私の口から甘い吐息がこぼれてしまう。

これは全部、和範から施される愛撫によるものだと自分でもわかっている。

伊達に無数の本を読み漁っている訳ではない。

現代恋愛の小説や、有名な賞を受賞した小説、純文学や映画の原作となった小説にも官能を描写しているシーンはたくさんある。

私がまだ処女だからといってそっち系の知識がない訳ではないのだ。単にそのような経験をする相手がいなかっただけであり、これから起こりうることは本からの知識で頭の中にはある。

耳年増という言葉があるが、私の場合は目年増とでも言えばいいだろうか。そんな言葉は辞書には載っていないけれど、普通なら友達との会話で聞くようなことを、私は本から知識を得ている、それだけだ。

ただ、その初めての痛みがどの程度のものなのか、その快楽がどれだけ私から正気を奪うものなのかは、とても想像ができなかった。

デニムスカートの裾から私の下半身へと和範の手が侵入してきたものの、スカートの生地が分厚く太腿部分で引っかかるせいか、こちらも早々にウエストのボタンを外されて脱がされた。

ショーツは私の蜜穴から溢れる蜜で、既にシミができているだろう。そのショーツに和範はゆっくりと手をかけると、クロッチ部分に自分の唇を押し当てた。

私の敏感な部分に和範の唇の感触が伝わる。クロッチ部分をずらされて、蜜穴から溢れる蜜をその舌が舐め取っているのか、温かくて柔らかい和範の熱を感じた。と同時に敏感な部分に和範が触れ、私の身体はありえないくらいに跳ね上がる。

私の口からは思わず声が出てしまう。

「あ、ああっ……！　ちょっ……、待っ……、ああっ！」

そんな私の反応を見て、和範は徐々に私の下半身への愛撫を深めていく。

ショーツも取り払われて、私は一糸纏わぬ生まれたままの肌を晒している。対する和範は、まだ服を着たままだ。

煌々と照らす部屋の電灯の下、裸になった私の姿を和範は熱を灯した瞳で見つめていた。和範からはそれまで以上に野性の雄を感じる。

私が恥ずかしがって膝を折り下半身の秘めたる場所を隠していると、和範はその両膝に手をかけてグイッと割った。再び私の下半身は和範から丸見えになる。

羞恥心が働くものの、全力で抵抗する気など更々なかった。和範も私の反応を見てそれを感じとったのか、両膝に唇を落とす。

「……!!　ああっ……」

膝に伝わるその唇の温もりが、私の劣情を掻き立てる。

そんなところにまで和範はキスをしてくれる——そう思ったら、身体の奥から再び温かな蜜が湧き上がるのを感じた。

きっと今、私の蜜穴は大変なことになっているに違いない。

先ほどまではショーツがその蜜を堰き止めていたけれど、それも取り払われた今、私の蜜は重力に従ってお尻のほうへ垂れていく。このままではシーツを濡らしてしまうと心配したその刹那、和範は私の下腹部に顔を埋め、その蜜を舐め取った。じゅるじゅると、わざと音を立てて私の蜜を啜り上げ、羞恥心を煽ってくる。

そしてぴちゃぴちゃと音を立てて再び私の秘めたる場所を舐めていく。

明るい部屋の中で恥ずかしい場所をじっくりと見られているのだ。しかも私は処女である。

いくらずっと好きだった人からの愛撫とは言え、初めてがこれでは本当に恥ずかしい。

「お願い……、恥ずかしいから、せめて部屋を暗くして……」

羞恥心から顔を赤らめながら、私はようやくその願いを口にすることができた。

私の言葉に、和範は今気付いたという表情で、ヘッドボードに置いていたリモコンで部屋の照明を常夜灯に切り替えた。

人間は五感のうちどれかを封じられると、それを補うために他の感覚が鋭くなるのだという。

明るい部屋に目が慣れていたせいで、急に暗くなるとお互いの姿が見えない。けれど視覚が鈍った分、和範から触れられる触覚がそれまで以上に敏感になっている気がした。『見えない』と言うことは、それだけ想像力が掻き立てられるので、和範が不意に触れてくると、私は先ほど以上に敏感に反応する。それはきっと和範も同様で、私が彼の身体に触れたら同じような反応を示すだろう。

和範は再び私の下腹部に顔を埋めると、私の花びらの下に隠れている芯を舌で掻き分けながら、蜜穴に指を挿し入れた。

「あっ、あっ……、ああっ……!!」

和範の指が私の中に入ったその途端に、身体が大きく跳ねた。

部屋が暗くて和範には見えていないはずなのに、的確に私の弱点に狙いを定めて快楽を教えてくれる。きっと蜜の匂いのせいだろう。

初めて感じる異物に私の身体は強張るものの、和範の絶妙な舌使いに身動きが取れなくなる。異物感と快感との比較は、確実に快感のほうが勝っている。

和範の柔らかくて温かい舌の動きと指の力加減に私の身体は翻弄されてしまう。

まだ繋がってもいないのに、私一人だけが快楽という名の海に溺れているようだった。

「ああっ……、あっ！　……ん……、はあっ……」

私の嬌声が、和範の指先が蜜をかき混ぜる音が、薄暗い部屋の中に響き渡る。

こうして蜜穴をじっくりと時間をかけて充分過ぎるくらいに解されて、私の中からはまた溢れんばかりの蜜が湧き上がる。

私は蕩けながらも、和範の行為を、触れられている感覚を忘れないように、その一つ一つを身体に、心に刻みつけた。

和範は私の身体の至るところに、自分の所有物だと言わんばかりに赤い痕を散らせていく。そのピリリと肌に吸い付かれる痛みと真っ赤な花びらが、余計に私の劣情を掻き立てた。もっとキスをして欲しい、もっと触れて欲しい、もっと和範を感じたい……

身体の至るところに愛撫を施され、ドロドロに溶かされて、そしていよいよその時が来た。

和範は、どこからか避妊具を取り出してきた。

ようやく常夜灯の光に目が慣れてきたおかげで、お互いの顔や姿を確認することができる。

和範は今まで見たことがないような、余裕のない表情を浮かべていた。

灯里でも光里でもない、今、目の前にいる私にだけ欲情した男の顔をしている。

そんな状態で和範は器用に片手で私の身体を弄りながら、正方形のパッケージを口に咥え、反対の手で引っ張って中身を取り出した。

そして、自分が穿(は)いているジーンズとボクサーパンツを脱ぎ捨てると、腹に付くのではないかと思うくらい、見事にそそり勃(た)った和範の象徴と言えるそれに、先ほど取り出したものを装着した。

避妊具、きちんと持ってたんだ……

全身をとろとろになるまで蕩(とろ)けさせられながらも、どこか冷静な私がいる。

それは灯里のために用意していたものだろうか。

きちんと避妊具を使用する和範を嬉しく思う反面、そのままで初めての私の中に来て欲しいという気持ちが湧いて、自分でも驚いてしまう。

でも、仮になにも装着せずに行為をしたとして、お互いにあとの責任なんて取れないだろう。

私たちはまだ学生だし、そもそも本当の恋人同士でさえないのだから……

酔っていてもきちんと避妊具を使用する和範は正しいのだ、と自分に言い聞かせ、浮かんだ思考を振り払う。

そして私の両脚を開いたかと思うと、再び和範の執拗な愛撫が施される。

避妊具を着けたから、すぐに私の中に入ってくると思っていただけに、再びの愛撫を意外に思いつつも、私に痛みを感じさせないため、本当に丁寧に、じっくりと時間をかけてくれている和範に胸がときめいた。

太腿の内側に、何度もチクリと甘い痛みが走り、そこに新たな赤い花びらが舞う。

蜜穴から溢れ出る蜜を、和範の温かい舌がそっと舐め取っていく。

さらに蜜穴を舐めながら花びら奥の硬くなった芯を指で何度も擦られる。和範から教わったばかりの快楽に、私は再びこらえ切れず嬌声を上げてしまう。

「ああっ……、あっ、あっ……、んんっ……」

今度は、舌で芯への愛撫が施され、指は私の蜜穴の中に入っていく。

先ほどは、指だけ蜜穴に入って蕩けさせられたけれど、それに加えて芯も同時に舌で刺激されて、私は自分が自分ではなくなってしまいそうだ。

下半身の疼きは、もう止まらない。

この熱を鎮める方法なんて、私にはわからない。

なにも考えられなくて、恍惚とした表情を浮かべているだろう私に、和範は顔を起こして覆い被さった。

私の両脚を開いたまま、そこに自らの象徴と言える硬く勃ちあがったそれをあてがう。

ようやくだ、と思ったところで、体重をかけてゆっくりと和範が分け入ってきた。

「あっ……ああっ……!!　いたっ!!　……っ」

和範の指と舌先によってかなり解されていたものの、指と和範の昂りでは質量が全然違う。未開の地であるそこはもういっぱいいっぱいで、痛みのあまり思わず声が出てしまった。

指との比較なんてできないくらいの質量のそれが、私の中に入ってくるのだから、これまでに経験した痛みとは比較にならない。

この痛みに比べたら、毎月の生理痛なんてなんともかわいらしいものだと思い知らされる。

初めてがなぜこんなにも痛いのか、この時にわかった気がした。

この痛みを受け入れられるだけの相手じゃないと、こんな行為をしてはいけないんだ。

この破瓜（はか）の痛みは最愛の人から初めて与えられる痛みなんだ。

でも、あまりの痛みに声を殺し続けるのも無理がある。

和範も私を気遣って、かなりゆっくりと挿入しているのがわかった。

「……大丈夫？　力を抜いて。痛くない？」

唇に、優しいキスが降ってくる。私の痛みを紛らわせる為に、キスと愛撫で私の意識を逸（そ）らせてくれる。私はなんとか頷きながら、やせ我慢で涙目になっているのをごまかそうとしても、そんなことはとっくにバレバレだった。

和範は、慎重に最奥までやってきて、私をそっと抱き締めた。

それはまるで、壊れ物を扱うかのように、とても優しく、愛おしさが伝わってくる。

そして、改めて耳元で囁(ささや)かれた。

「……好きだ」

その言葉に、胸が、和範を受け入れている場所が、キュンと締め付けられる。

破瓜(はか)の痛みと告白の言葉、痛みと嬉しさが混在して、私の目にはいつの間にか涙が溢れていた。

頷きながら、泣き顔を見せたくなくて、ギュッと和範の首に腕を絡ませる。

このような行為の最中に愛を囁(ささや)かれて嬉しくない人がいる訳ない。

それが、最愛の人なら尚更のこと。

でも……

和範は、私の名前を呼んでくれない。

私は灯里じゃない。

それでも……

今だけは、あなたが抱いているのは、あなたの最愛の人だと思わせて欲しい。

あなたの一番大切な人なんだと。

私は顔を彼の身体から離して、たどたどしく和範にキスをする。それを合図に和範はゆっくりと腰を動かし始めた。

和範の律動で、痛みを堪えるのに必死だった私の身体も、いつの間にか初めての快楽を感じはじめた。それを分け合いながら一緒に高まる快楽の波に攫われないように、私は背中を浮かせて和範にしがみ付いた。

和範が私の身体を抱き締めながら揺さぶる度に、私の口からは嬌声が漏れる。恥ずかしくて和範の身体に顔を密着させて声を抑えようとすると、和範は私の顔を自分の身体から離し、ベッドの上に沈めてしまう。組み敷かれた状態になり、必然的に私のあられもない声が部屋に響き渡る。

「あっ、あっ……、んんっ、はぁ……、あっ……、んんっ……」

お互いが、お互いに与えられる初めての快楽を貪り合った。

どのくらいの時間、私たちは繋がっていただろう。段々と和範の腰の動きが速くなり、私も目の前に大きな快楽の波が押し寄せてきているのがわかる。もう、お互いに余裕なんて全くなかった。

この波を一緒に感じたい。

私は無我夢中で和範の首にしがみついた。和範も、そんな私を潰さないように必死で最後のスパートをかける。

そして和範が私の中で大きくなり、避妊具の膜の中に精を放った瞬間、私も世界が真っ白になった。

しばらくの間和範は私の上に覆い被さっていたけれど、和範の昂りが段々と小さくなって私の体内から押し出されると、私の上に崩れ落ちた。

私は和範の下から、なんとか身体をよじって避難する。

ようやく自由になって和範の様子を窺うと、なんと和範は気持ち良さそうに寝息を立てていた。

行為を終えたあとの疲労とお酒による酔いも加わって眠ってしまったようだ。

私は再びそっと身体をずらして和範の顔を見つめると、精を放ったあとの満足感からか、とても穏やかに眠っている。

その寝顔はいつもの和範と違って無防備で、とても幼く見える。

私はようやく冷静にこの状況を考えることができた。

このままこの場に残っていては駄目だ。

もし和範が抱いたのが灯里じゃないとバレてしまったら……

今ならまだこのことは、和範の夢だったと思わせることができるはず。和範が眠っている今が絶好のチャンスだ。

初めての行為で私の身体、特に下半身にはまだ異物が入っているかのような違和感があるものの、休んでいる暇はない。私はそっと和範の隣から離れ、自分の脱ぎ散らかした衣服に手を伸ばした。

部屋にあったティッシュを拝借して、濡れた秘部の蜜を拭き取り、ペットボトルを入れていたレジ袋の中に入れた。

そこには、私の初めてである証の出血も混じっていた。

和範の格好を元に戻さなきゃ、これは夢だったとは言い張れない。

とても恥ずかしいけれど、和範の装着していた避妊具を外し、避妊具の口は白濁した精が漏れないように縛ってティッシュに包み、先ほどのレジ袋に入れた。

避妊具の入っていた包装もそこへ一緒に入れた。

お互いの下半身を綺麗にすると、私は和範を起こさないよう衣擦れの音に注意しながら自分の服を着る。

そして再び和範の格好を確認する。ベッド下に脱ぎ捨てられたボクサーパンツとTシャツ、これをなんとか着用させてしまえば、あとはどうにかなるはずだ。

シーツに付着した私の初めての証である赤いシミは、和範が転んで怪我した血液だと思ってもらえればいい。

ジーンズはきついし夏場で暑いから、酔っぱらって寝ている間に自分で脱ぎ捨てたとでも思うだろう。

私は、和範を起こさないように、そっとボクサーパンツを穿かせる。

Tシャツも、なんとか和範を起こすことなく着せることができた。

ジーンズは、下手にさわらないほうがいいだろう。

こうして、先ほどの行為は和範の夢だったと思わせる偽装工作を済ませ、和範の寝顔を見つめた。

その時だった。眠っている和範が口にしたのは……

「……り、……か、り」

灯里。

和範の寝言に、涙が溢れてきた。

私ではない。和範はやっぱり灯里を抱いたんだ。

寝言でも灯里の名を呼ぶくらい、和範は灯里のことを思っているのだ。

身体を重ねても、心までは重ならない。

やっぱり私は和範と身体を重ねるべきではなかったのだ。

和範の寝言は、今の私には残酷すぎる。

私の心が完全に壊れる前に、この部屋を出よう。この家から立ち去ろう。

わかっていたけれど、やはり辛い。

でも私は、この時点で痛恨のミスを犯していたことに気付かないでいた。

和範の部屋を出て、玄関のドアをそっと閉め、駅に向かって歩いた。

眠っているとは言え、和範が家にいるし明かりも点いているから、施錠しなくても大丈夫だろう。

先ほど田中くんや加代子ちゃんには『施錠もせずに放置は不用心』なんて言っておいて、真逆の行動なのは充分理解している。

でも今はとにかく、和範のもとから離れたくて必死だった。

駅までの途中、公園のゴミ箱へ先ほどのビニール袋を入れて証拠隠滅した。

初めての行為を経験したばかりで下半身に違和感はあるものの、意識していれば多分歩行は普段通りに見えるだろう。

そして駅前に停まっているタクシーに乗り込み、到着した自宅の玄関前で料金を支払おうとして、気付いた。

和範からもらった、イヤフォンジャックカバーが失くなっていたことに。

料金を払い、自宅に入ると、私は急いで自分の部屋へ駆け込み、小銭入れの中身を確認した。

……ない。

やはり、小銭入れの中身を全て出してみても、裏返してみても、あの日もらったイヤフォンジャックカバーだけが見つからない。

思い当たるのは、和範の部屋で小銭入れの中身をばら撒いた時だ。

なぜあの時、もっと気を付けて探さなかったのだろう。

いや、それよりも、なぜ写真館で灯里の目を気にしてアレを外してしまったのか……

アレが見つかってしまえば、私が彼を騙したことに気付かれてしまうだろう。

そうしたら、きっと失望される。

これは、灯里への裏切りの代償なのだろうか。

甘い誘惑に負けて身体を重ねてしまった罰なのだろうか。

和範との思い出の品を失ったことで、もう彼を想うことすら許されないように思えてくる。

いずれにせよ、もう今さら和範の家には行けない。私は和範の中で帰省していないことになっているのなら、このままずっとシラを切り通すしかない。

やっぱり、私が和範に愛されたいだなんて、思ってはいけなかったんだ……

私は、あまりにもショックが大きすぎて、声を押し殺して泣いた。

先ほど和範に愛された身体を抱き締めて、ベッドの中で泣きながら眠った。

翌朝、日の出の時刻に目覚めた私は、朝一番でシャワーを浴びた。

泣き腫らした顔を灯里に見られるわけにはいかない。

昨夜帰宅してすぐにベッドの中に入ったから、和範が愛してくれたそのままの身体だ。

昨日のことを思い出すと、切なくて胸が苦しくなる。

浴室にある鏡に映る私は……

身体の至るところに和範から付けられた紅い花びらを散らせて、知らないうちに、男性と肌を通わせた女特有の、後朝（きぬぎぬ）の色香を纏（まと）っていた。

これはもう、どうやっても隠せない。だが、灯里には絶対にバレてはいけない。

ならば……

私は全身を洗い流し、浴室を出る。さっと身体の水分を拭き取って、まだ生乾きの髪の毛を手早くアップにまとめて化粧をし、身仕度を整えると、そっと実家を後にした。

私は荷物を持って駅までの道を足早に歩く。

食欲なんて全然湧かない。

身体を重ねた相手が灯里ではなく私だったとわかれば、和範はきっと後悔するだろう。

けれど、悪いのは彼じゃない。私だ。

和範を好きな灯里を裏切ってしまった。

灯里を好きな和範に裏切らせてしまった。

この十字架は、私だけが背負っていけばいい。

さよなら、和範。

私は、込み上げてくる涙をそっと拭った。

無事に始発の電車に乗り込み、座席に着いた私は灯里にメッセージを送った。

『明日からのバイト先へ挨拶に行くから、早いけれど寮に帰ります』

きっとまだこの時間、灯里は眠っているだろう。

送信画面を確認すると、私はスマホを閉じて電源を落とした。

電車に揺られながらしばらくの間目を閉じていると、いつの間にか電車の心地よい揺れに誘われて眠っていたらしい。気が付くと目的地である終点の、一つ前の駅だった。

終点に到着したら網棚に上げた着替えの入ったバッグを下ろして下車するだけだ。

それまで電車の車窓に目を向けて、到着までの時間を過ごした。

もうすぐ終点の駅に到着するとの車内アナウンスを聞いて、車両内にいる人たちは次々と下車する準備を始めている。

私は、最後に下車するつもりで一人のんびりとしていた。

外に出る前に手荷物の中から日焼け止めクリームを取り出して、念入りに腕に塗る。

塗り終えてそれをバッグの中に仕舞い込むと同時に、車両が完全に停止した。

電車のドアが開いたのだろう、途端に電車内は喧騒に包まれる。

私はゆっくりと座席を立ち、網棚の荷物を下ろして下車する列に並んだ。

最後尾で下車し、日曜日で行楽地へ向かう人たちで混み合う駅の改札を出て、ようやく広々とした外の世界に足を踏み入れる。まだ朝早いというのに厳しい陽射しに思わず顔をしかめてしまう。

駅前ロータリーのバス停で、寮の方面に向かうバスの時刻を確認すると、次のバスまで大分時間があった。

ふと時刻表から目を離した先に見えたのは、全国展開している千円カットの美容室。

髪を伸ばして灯里に似せても、虚しいだけだ。成人式の前撮りも終わったし、どうせ成人式に出席しても、また双子だと騒がれる。もう、心無い言葉で灯里と比べられるのはいやだ。

それに、どんな顔をして和範に会えばいいのかわからない。

成人式には出なくていいだろう。その時は理由を付けて帰省するのもやめよう。

そう決意すると、私の足は迷わずそこへ向かっており、三十分後には高校生の頃のようなショートボブに戻っていた。

毛先に少しだけ残るパーマは、きっと数日のうちに落ちていく。

昨日の出来事も、私の記憶の中以外にはなかったことになる。

バス停に戻り、ほどなくして到着した寮方面へ向かうバスに乗り、先ほどと同じく車窓の景色を見ながら過ごした。

寮の近くのバス停で下車すると、ちょうどバス待ちをしていた同じ寮の子とすれ違った。

お互い顔は知っているけれど、会話をするほど親しくはないので会釈(えしゃく)をするだけだ。

寮までは少し歩くけれど、苦になる距離ではない。

それよりも今はこのジリジリと焼け付くような陽射しのほうが苦痛だった。

やはりこの季節は日傘が必須アイテムだとは思うけれど、私のことだから本に夢中になると存在を忘れてすぐに失くしてしまう。

途中のコンビニで、食欲はないけれどなにかしら食べ物を買っておこうと思い、日持ちのする焼き菓子を買った。それをバッグにしまい、寮に帰って荷物を置くと、バイト先のギフトショップへ向かった。


バイトはお店が開店する午前九時から、お昼休憩を挟み十五時までの五時間。

この時期に包装するものは、ギフトショップが提携しているブライダル式場から発注された引き出物や、飛び入りで四十九日明けの満中陰志、出産祝いのお返しなどだ。裏方はなにかと忙しく、用途によって包装紙を変えたり熨斗紙を用意したり、間違いのないようにしなければならない。

それこそ信用問題になり兼ねないからだ。

私が初めてここを訪れたのは、大学一年の頃だった。

初めてバイト先に挨拶へ行った時は、ギリギリの人員で作業をしていたから、バイトに来てくれて嬉しいと熱烈に歓迎された。

和気藹々とした雰囲気の中、仕事がはじまれば、黙々と与えられた作業をこなしていった。

休憩時間には売り場で接客に当たっている人たちも交代で休憩に入るので、雑談をしながら親睦を深める。

ありがたいことに私の仕事ぶりを職場の方々に評価してもらえたようで、まとまった休みのある時に声をかけるから、よかったらまた来て欲しいとバイト最終日に店長に言われ、とても嬉しかった。

そうしてまた今年の夏にも、ここで働かせてもらうことになったのだ。

バイトの時給は、県の定める最低賃金に少し色がついた程度の金額だったけれど、残りの夏休み中、極力休まずほぼ毎日通ったおかげもあり、それなりの金額になった。

それから年が明けて一月、地元で成人式が執り行われたけれど、私はインフルエンザに感染したと嘘をついて、帰省しなかった。

バイト先には、成人式は夏にあったと嘘をついたけれど、そんな嘘を追及されることもなかったので、私は黙々と働いた。

それから月日は流れ、司書の資格も無事に取得して地元の地方公務員採用試験にも合格し、私は翌春には実家へ戻ることが確定したのだった。

市役所職員として採用が決まり、勤務先が図書館に確定した私は、実家に戻ってから同級生との関わりを極力絶っていた。

なぜなら、誰がどこでどう和範と繋がっているかわからないから。

就職してしばらくの間、合コンなどの誘いもあったけれど、なにかと理由をつけて断ってしまった。仕事帰り後の娯楽といえば、新刊チェックのために本屋に立ち寄ることくらいだ。

とにかく私は自分を殺し、できるだけ目立たないように気を付けて日常生活を送っていた。

目立つのは灯里だけで充分だ。

どんなに頑張ってみたところで、私は所詮彼女の引き立て役に過ぎない。大学に入って変わろうとした努力も虚しく、こちらに帰省すると以前の自分に戻ってしまった。

いや、あの夏の日、和範とのことで痛感させられてしまったからかもしれない。

私は灯里のようにはなれない。

灯里のようになろうとしたのが間違いだったのだ、と。

なんだか歳を重ねるにつれ、段々と考え方が卑屈になっていくようだ。

灯里がそばにいるだけで、私はどうしても自分に自信が持てなくなる。

灯里の明るくて人に好かれる性格への憧れは変わらない。だけど、どれだけ憧れても私は所詮私であり、灯里にはなれっこないのだ。

この頃の灯里は、ちょうど専門学校時代の知人から引き抜きを受けてダイニングバーに転職したばかりで、日中勤務の私とは生活サイクルが合わなくなっていた時期だった。お店のお客様に、わざわざ自分が双子であることを話して、話のタネにと無理やりお店に顔を出すように言われたこともある。

さらに、双子がそんなに珍しいのかお店のお客さんが図書館にまで顔を見に来るから、仕事にならず本当に苦痛だった。

実家に戻って以来、灯里は前にも増して私を近くに置きたがるようになった気がする。灯里に何度も注意してやっと静かになったと思った頃に、あの事故が起きた。

あの事故が起こるまで、私と和範は一度も会うこともなかった。

なので、ＩＣＵから一般病棟に移った日に病室にお見舞いに来てくれた時は本当に驚いた。

でも、和範は一度もあの夏の日のことを私に聞いてくることはなかった。

だからやはり、あれはきっと私と灯里を間違えていたのだろう。

それか、夢だと思って覚えていないのか……

仕事の行き帰りだけでなく、病院でのリハビリも、和範は文句も言わずいつも送迎してくれている。

和範の仕事は実家が営む建設会社の営業で、いずれは和範が後継者になる予定らしく、現在は営業として色々な人脈を構築しているのだという。

和範には四歳年上のお姉さんがおり、就職して県外に出た先で運命的な出会いを果たし、今は転勤族のご主人についていっている。

確か現在は、岡山在住だと聞いている。ご主人の実家も和歌山だとかで、こちらに帰ってくることはほとんどないそうだ。

だからだろうか、和範はご両親を大切にしているし、ご両親も和範のことを大切にしている。

そんなご両親は、とにかく私のアフターケアを優先することを望まれているとかで、自分の仕事はそっちのけで私の面倒を見てくれているのだ。

でも、そうしてよくしてもらえばもらうほど、申し訳ない気持ちでいっぱいになる。

私は、あの日、和範を騙してしまったのだから……

いつ、あの時のことを和範から聞かれるかと思うと胸が苦しくて、私は和範がいると、いつも以上に俯いてしまう。

なかなか一緒に過ごす時間がない私たちは、毎日の送迎の車の中で話をするくらいしか、お互いを知る機会がない。

私たちはまだまだお互いのことをよく知らないままだ。

私は毎週平日に二日ずつ取得している公休日のうち、月に一回を午後から病院での歩行リハビリに充てていた。その日、和範はいつもお昼過ぎに私を迎えに来てくれる。仕事もこの日は事前に調整してわざわざ時間を作ってくれている。そのことをありがたく思う反面、申し訳ない気持ちになってしまう。

「ねえ、たまにはランチでも食べに行こうか」

荷物を後部座席に乗せて、助手席に座った私に向かって和範が話しかけた。

いつもなら、リハビリのある日は十時過ぎに軽めのブランチをとるだけだから、こんな風に誘ってもらったら素直に従うところだった。けれどタイミングが悪いことに今日に限って、和範が迎えに来る直前に昼食を済ませてしまったのだ。

それを伝えると、いつもならすんなり引き下がる和範だが、珍しくこの日は違った。

「じゃあさ、ファミレスに付き合ってよ。僕だけお昼食べるのも心苦しいから、光里ちゃんはデザートかドリンクだけでも」

リハビリ前に食べ物を口にするのは、正直しんどい。

なのでドリンクでもいいならと伝え、ファミレスで和範の向かいの席に座る。

これまでに行った数少ないデートと違って、ピークの時間帯で人の出入りの激しいファミレスだから、杖を使う私に対する周囲の目が気になったものの、どうやら自意識過剰だったらしい。ランチタイムの客は回転が速いせいか、気にする人はいなかった。

婚約しているのだから、デートをしてもおかしいことはないのだけど、明るい時間からこのような公共の場で一緒にいることがあまりなかっただけに、私一人、緊張してしまう。

最後にゆっくり食事に出かけたのは、婚約してすぐに迎えたクリスマスイブの日だ。

翌日の二十五日が木曜日で私の公休日だったこともあり、遅くまでゆっくりできるからと、地元で流行の創作料理店を予約してくれて、楽しいひと時を過ごした。

あの日は思い切って、普段私が着ることのない明るい色のAラインのワンピースに袖を通して和範とのデートに備えていた。

私なりに精一杯のお洒落をして、クリスマスデートを楽しもうと思ったのだ。

和範も、私の服装がいつもと違うことにひと目で気付いてくれた。

「いつもの格好を見慣れていたから一瞬別人かと思ったけれど、そういう服も似合うね」

精一杯のお洒落に気付いてくれただけでなく、似合うと言ってくれたことがとても嬉しかった。

食事のあとに一緒に洋服を見に行こうと誘われ、ショッピングモールへ向かい、ウインドウショッピングを楽しんだ。クリスマスイブだけあって、ショッピングモールは一段と活気づいており、家族連れや恋人たちで賑（にぎ）わっていた。

和範は私に洋服をプレゼントしたいと言ってくれたけれど、今急いで買わなくても年が明けたらバーゲンセールもあるし、その時によかったら買い物に付き合って欲しいと言って、その場での買い物は断った。

プレゼントしてくれるという気持ちはとても嬉しい。けれど、私はその気持ちだけで充分だった。

もしかわいい洋服を買ったとしても、仕事場には着ていけないし、和範と送迎以外で過ごすことなどほとんどないのだから、きっと箪笥（たんす）の肥やしにしてしまいそうだ。

それに、そんなかわいい服が似合うのは、私ではなく灯里のほうだ。

見た目の雰囲気も柔らかい灯里は、私よりもかわいい服がよく似合う。私はどちらかと言えば、灯里が好みそうなかわいらしい洋服よりも、少し大人びた服のほうが似合うと思う。

そう思うと、和範の言葉が本心なのかリップサービスなのかわからなくなってきた。

色々なお店を見ていると時間はあっという間に過ぎ、気が付けばモール内に閉店を知らせるメロディが流れ始め、私たちは慌てて施設を後にした。

駐車場もいつの間にか閑散としてる。

「来た時は大混雑だったのに、この時間になるとガラガラだね」

結局ウインドウショッピングだけでなにも購入せずにモールを出るつもりだったのだが、モール内のケーキ屋さんに並ぶショートケーキが閉店間際の処分価格で半額になっていたものを和範が二つ購入して、このあと一緒に食べようということになった。

現在、時刻が二十二時を回ったところだから、今からケーキを食べるにはかなりの覚悟が必要だ。

それにどこかへ移動するにも大抵のお店はもう閉まっているし……持ち込み可能な場所なんてあるだろうか。和範は途中コンビニに立ち寄ってドリンクを購入したけれど、そのあとは黙って車を走らせる。行き先を聞いても教えてくれなくて、どこへ行くのか気になっていると、車は人通りの少ない裏道へ向かっていった。

確かこの先にあるのは、モーテルだ。まさかそこへ行くつもり……？

私は緊張から口数も減ってしまい、この先の成り行きを和範に委ねることにした。もし本当にモーテルへと行くのならそれでもいい。私は和範の婚約者なのだから、なにも後ろめたいことなんてない。

あの夏以来誰にも身体を許していないのだから、二回目の行為はまた痛みが伴うかもしれない。それも覚悟の上だ。

私の記憶に間違いはなく、目の前にモーテルの看板が見えてくる。でも、電光掲示板には『満室』の表示が出ていた。和範はそのままそのモーテルを素通りする。表情は全然変わらないから、ただ単にその先にある、私に内緒の目的地へ行くまでの通過点にすぎなかったのだろう。自分の自意識過剰ぶりが恥ずかしくなる。その時に和範がなにかを呟いたけれど、その声は小さすぎて私には聞き取れなかった。

そのまま助手席でおとなしく座っていると、和範がようやく口を開いた。

「この先に見晴らしのいい場所があるんだ。外は寒いから車の中で夜景を見ながらケーキを食べよう。結構穴場なんだよ」

そう言って連れていかれたのは、高台にある造成地だった。確かにそこは人気がないせいか街路灯もなく、夜景が綺麗に見える。和範はガードレールギリギリの場所に車を停めると、先ほど購入したケーキとドリンクを取り出した。

「せっかくのクリスマスイブなのに、こんなところでこんな風に過ごすなんてちょっとカッコ悪くてごめん。来年は、新居で一緒に過ごそうね」

そう言って二人でケーキとドリンクを口にした。フォークやおしぼりも、さっきのコンビニでもらってきたと言って、車の中を汚すことなくケーキを食べることができた。車の中でしばらく一緒の時間を過ごしたあとは、日を跨ぐことなく自宅へと送り届けられたのだった。

ちょうど年が明けてから、和範の会社は何件か大口工事の受注があって、和範自身も毎日忙しく、私の送迎の時間すら、なんとかやりくりするような状態だった。だから最近は和範と顔を合わせるのも、この送迎の時だけだった。

「婚約してるのに、なかなか二人でゆっくりする時間がないからね」

和範はそう言って柔らかく微笑むものの、私はまっすぐに見つめ返すこともできない。

あの夏から七年……

私はあの日のことを誰にも言えないまま、現在婚約者としてこうして和範のそばにいる。

あの日……。あの夜、和範が求めていたのは、灯里なのに。

あの日の寝言。

『……り、……か、り』

灯里を呼んでいるのはあきらかだ。

あかり、と、ひかり。

上の音は聞こえなかったけれど、いつだって私は『光里ちゃん』と、ちゃん付けで呼ばれる。

灯里は『灯里』と呼び捨てなのだ。

疑いようのない事実が、重くのしかかる。

「それはそうと、光里ちゃん。まだ指輪、着けてくれないの？」

和範は徐ろに口を開いた。

和範の言う指輪とは、普段使いで指にはめて欲しいと、婚約指輪をもらった時に一緒に贈られたものだった。

私の誕生石であるトパーズが指輪に埋め込まれている。

普通、トパーズは黄色やブルーが有名だけれど、贈られたのは珍しいピンク色のものだった。

台座の上に石が載せられているものではなく、指輪に埋め込まれたタイプのもので、洋服に引っかかる心配がない。

リング部分も至ってシンプルなもので、ぱっと見は結婚指輪やペアリングのようなデザインだ。

『本当なら、婚約指輪も普段つけて欲しいけれど、難しいんじゃないかと思って……』

和範はそう言って、この指輪を贈ってくれた。

仕事の時には右手の薬指にはめているけれど、リハビリの時は転んで指輪に傷を付けたくなくて外している。

それは私にとって本当に大切な指輪だからこそ……

和範は『お守りだと思って、気軽に着けていてほしい』と言うけれど、私にとってはなにものにも代えがたい宝物だ。

でも、一時的に外したことが遠因で、過去に大切にしていたスマホのイヤフォンジャックカバーを失くしてしまった前科がある私には、傷を付けるからといって都度着け外しをするのは抵抗があった。

チェーンに通して首にかけておこうかとも思ったけれど、日頃ネックレスを着ける習慣のない私は、そこへ常に意識を向けられる自信がない。

仮になにかの拍子でチェーンが切れて落としてしまったら、またあの後悔を繰り返すことになるだろう。そんなのはもういやだ。

なので、リハビリの日は指輪は自宅のジュエリーボックスの中に保管している。

「だって、普段使い用にしても高価なものだし。リハビリの時に指輪に傷を付けたくないの」

私は素直な気持ちを伝えるけれど、和範の表情はなんだか微妙だ。

どうしてそんな顔するの……？　私、なにか変なこと言った？

しばらく和範は私の顔を見つめる。

そして、ポツリと呟いた。

「ごめん……」

なにがごめん、なの？

和範の気持ちは私にはわからない。

婚約者なのに、私たちの心の距離は、相変わらずだ。

「リハビリは、今日も担当は例の同級生？」

ようやく運ばれてきたランチプレートの野菜にドレッシングをかけながら、和範は私のリハビリのことを話題に出した。

「うん。他の人とブッキングしてなかったら、多分いつも通り藤本くんだと思う」

リハビリでお世話になっているものの、藤本くんにとって私は元カノの妹。しかも二卵性とは言え双子で、普通の姉妹より顔立ちが似ているだけに、嫌でも灯里とのことを思い出すに違いない。藤本くんの中で灯里とのことは中学時代の甘酸っぱい思い出になっているのか、それとも……

そんなことを考えてぼんやりとしている私に、和範は切なそうな視線を投げかける。

どうしてそんな表情をするの？

私にこそ和範の考えていることがわからない。

「ねえ、新居のことなんだけれど」

和範は、私と結婚したら新居を構えるつもりでいる。その予定している新居の間取り図を鞄の中から取り出した。

テーブルの上に広げると、汚してしまいそうだったので、私は手元でそれを広げる。

「光里ちゃんの脚にできるだけ負担がないように、平屋の住宅を考えてて……。気になる点があればまた言ってね」

図面は、新婚夫婦には少し広い、バリアフリー対応の間取りだった。

「家族が増えたら、その時は増築もできるから」

家族が増えたら……って、和範は、いつか私を抱くつもりなのだろうか。

灯里の身代わりとしてではなく、妻としての私を。

果たして、私を妻として見てくれるのだろうか。

プロポーズを受けた二十七歳の誕生日に両家に挨拶へ行って三ヶ月が経つけれど、未だにそのような気配はない。

仕事も忙しくて、デートらしいデートもほとんどしていない状態だ。

でも、私のリハビリや仕事の送迎で和範の仕事にしわ寄せが来ていると思ったら、なにも言えなくなる。

甘えるだなんて、とんでもないことだ。

このリハビリの送迎だって、私は自分でバスに乗って行くことだってできるのに、それすらさせてくれない。

自分一人で病院へ行くのもリハビリのうちだからと言って、何度か送迎を断ったこともあったけれど、『なかなか光里ちゃんと一緒にいる時間が持てないから』と言って聞き入れてくれないのだ。

そんな風に言われると私も断るに断れない。

「この間取りって廊下がほとんどないけど、部屋の仕切りはどうなってるの？」

私は間取り図を見ながら疑問に感じたことを和範に聞いてみた。

「これはね、壁が動くんだ」

和範はそう言って、可動式の壁のカタログのコピーを出してきた。こうしてコピーがすんなり出てくる辺り、おそらく私の質問は想定内だったのだろう。

「用途に合わせて部屋を仕切れるから、仮に子供が産まれたらここから壁を出せばいいんだ」

そう言って、壁の収納してある壁面を指差した。

でも、そうやって用途に合わせて部屋を仕切るとすると、壁に手摺が付けられないのではないだろうか。

「光里ちゃんの動線を確認して、手摺を取り付けようと思うんだ。荷物を運ぶ時は、このカートを使ってもらえば負担にならないと思うし。床は傷の付きにくい素材で探すよ。洗濯物は、外に出なくてもここに干せるから」

和範が指差した先は、温室っぽい感じの洗濯物干し場だった。

「ここは天井がポリカーボネートっていうガラスとは違う透明な素材なんだ。夏場に熱がこもって暑ければ窓を開けてもいいし、雨の日だって干し場の心配はいらないよ。出入り口も付けて、庭先へはスロープも設置するから」

確かにスロープも図面に書かれてある。

壁は腰辺りまでは外から見えない普通の素材で、そこから上は、大きな窓を入れてガラス張りにするらしい。

夜は内側からカーテンを閉めるから外から丸見えにはならない。

「もし今日のリハビリ担当も彼なら、図面見せて意見をもらってくれないかな？」

和範の表情は、まだ少し硬い。藤本くんの話題になると、和範はいつもこのような表情になる。

和範と藤本くん。

私の知る限りでは学校も違うし、部活も野球とバスケットボールだから、校外試合などで会ったことがあるとも思えない。

同い年というくらいで、特別な接点はないはずだ。

二人の間になにかあるとは思えない。けれど……

私はそんな和範の表情に気付かない振りをするしかない。

「うん、わかった」

手渡された図面のコピーを、和範の会社の封筒に入れてシワにならないようにバッグの中にしまう。

和範は食事を続ける。私もドリンクバーで取ってきた紅茶に口を付けた。

杖を突きながらの移動は不安定だから熱いものを運ぶのは危ないと思い、自分からドリンクバーでホットドリンクを選ぶことはあまりないのだけれど、外は雪が降るくらいに冷え込んでいるので、さすがに温かいものが欲しくなってしまった。

カップに注ぐ量を少なめにして、こぼさないように気を付けながら座席に自分で運んだ。

いつもなら、和範が気を回して運んでくれるのだけれど、座席に着いてオーダーを通した直後に和範のスマホに電話がかかってきて席を外したので、その間に自分でドリンクバーへ取りに行ったのだ。

席に戻ってきた和範は、テーブルの上にある紅茶を見て驚きの表情を浮かべていた。

「甘えてばかりじゃダメだから……」

そう呟いた私を、ただ見つめるだけ。結局、なにも言ってくれなかった。

私たち、お互いに遠慮ばかりで全然思いをぶつけていないけれど、果たしてこれから先、上手く行くのだろうか？

和範の食事が終わり私も紅茶を飲み干すと、和範は時刻を確認した。

リハビリへ行くにはまだ少し早いけれど、もし和範にこのあと急ぎの仕事があるなら私はバスに乗って病院に向かうつもりだった。

「今日はリハビリ後、なにか予定ある？」

和範は改まって私に聞いてきた。私は首を横に振る。特になにも予定はない。

「せっかくだし、デートしたい」

和範の発言に固まる私。

デート？

なぜ？

「リハビリのあとで、身体が疲れてるのは重々承知してるけれど……。あまりにも二人だけの時間がなさすぎると思って。せめて、晩ご飯でも食べに行こうよ」

突然の提案に返事ができず固まったままの私に、和範は次々と話を進めていく。

「晩ご飯は、灯里のお店に行こうね」

私はその言葉で全てを理解した。

やっぱり和範はなにかしら理由を付けて灯里に会いたいんだね。

顔立ちは似ていても、灯里と私は所詮は別人。

性格なんて全然違う。

私は、結局灯里の身代わりにすらなれていないのだ。

和範の言葉は、私の心を抉る。

「でも……、灯里も忙しいみたいだから、私たちが行って邪魔にならないかな」

私がそれとなく別のお店に行きたい素振りを見せても、和範は引かない。

「未来の義姉の売り上げに貢献したくてさ」

和範の笑顔が胸に刺さる。

本当にそう思ってる？

灯里は未来の義姉だと思ってる？

今でも、心に秘めた想いがあるんじゃないの？

内心嫉妬でおかしくなりそうになっている私の疑念は、なかなか晴れない。

でも、和範も忙しい時間を割いて私のために色々としてくれていることを思うと、ここでいやだとは言えない。

結局は、和範の意見に従い黙って頷く自分がいた。

「まだちょっと時間があるし、ドライブしようか」

和範は席を立つと、杖を持ち、私が席を立つのをエスコートしてくれる。

杖を渡されて私がきちんと持ったのを確認すると、先に支払いを済ませるためにレジへ行く。

私はお手洗いに行き、用を足してから身支度を改めて確認し、和範のもとへと向かった。

リハビリは、必ずしも通院する必要はなく、自宅での階段の昇降練習などで代用できる。でも私の場合は、退院後にも傷が目立たないように形成手術をしていたので、術後の経過観察も兼ねて通院していた。

今日は、藤本くんに歩行リハビリに付き合ってもらう約束だった。なので転んでも怪我をしないように、そして地肌が見えないように、ストレッチの効いた厚手のレギンスパンツの上に膝丈のスカートを穿(は)いている。靴も、仕事の時には履かないスニーカーだ。邪魔にならないように荷物をリハビリ室の隅にあるベンチの上に置き、早速歩行練習を始める。

杖がないと、まともに歩けない。けれど、ゆっくりと時間をかけて何度も練習をした。

藤本くんは、まだ姿が見えない。

私が約束の時刻より早く来たからきっと前の予定をこなしているところなのだろう。

結局私は、あのあとドライブに行かずに早く病院でリハビリをしたいと言って、こちらへやってきた。夕方また一緒に灯里のお店に行くのだし、口には出さないけれど、私の送迎に時間を取られている分、きっと和範も仕事が溜まっているに違いない。そんな和範を、私が拘束するわけにはいかないのだ。和範は渋々ながらも私をここまで送ってくれた。

誰もいないこの場所で、杖を突かず手摺(てすり)にも頼らず、ゆっくりと歩行練習をする。

左脚は股関節が固まるからとマメにストレッチをしているけれど、それでも思うように脚が曲がらない。

黙々と一人、歩く練習をしたところで意味はないかもしれないけれど、自宅に引きこもっているよりは全然いい。

家にいると、灯里がいる。

私が初めて和範にプロポーズされた二十六歳の誕生日。

あの日の夜、灯里は私に隠れて泣いていた。

私はプロポーズをされたことなんて誰にも告げていないのに、なぜか灯里は知っていたのだ。

しかも、母から翌朝、突然聞かれた。

「光里、昨日は滝沢くんからプロポーズされたの？」

私は驚きのあまり声が出ずに、手に持っていたお箸を思わず落としてしまったくらいだ。

なぜそれを母が知っていたのかというと、私が仕事でいない時間帯に和範が我が家にやってきて、誕生日にプロポーズをすると、家族にあらかじめ宣言していたのだそうだ。怪我を理由に和範の人生を狂わせたくないからプロポーズは断ったと伝えると、この時なぜか母は私の決断に難色を示していた。

プロポーズなんて受けられるはずがない。いっそのこと、和範は灯里の高校時代の彼氏で、灯里は今でも和範のことを想っていると言ってしまえばよかったのだろうか。和範だって、元カノの妹に怪我をさせてしまったからといって自分の人生を棒に振るなんて、どうかしている。

でも母は初めこそ難しい顔をしていたものの、そのあとは黙って見守っていてくれた。灯里も私に対してはなにも言わないけれど、やはり和範とのことが気になっているのが窺える。

私がプロポーズされたことは知っているのになにも言わない。その癖、母には色々と私と和範はどうなっているのか聞いているようだ。そんな風にこそこそ嗅ぎまわらず、直接私や和範に聞いてくれたらいいのにと思うけれど、それは私も同じだ。私も灯里の思いを薄々察しているのに、本人に直接確かめることができないでいる。

あの事故で、結果的に和範を縛ってしまっている私のことを、灯里はどう思っているのだろう。

もう和範のことは過去の思い出と割り切っているのならいいけれど、そうではないのなら、私はどうするのが一番いいのか……

そういえば、和範と再会してからというもの、灯里は私と和範が一緒にいるところを見ると、決まってあとで私になにか言いたそうにしていたのに、今思えばこの日を境にそれがなくなった。あれは一体なんだったのだろう。

灯里と和範のことを考えてプロポーズは断ったけれど、そのあとも和範は諦めなかった。私の怪我のせいで和範に自分の人生を棒に振って欲しくない、そんな思いで断り続けたにもかかわらず、和範は根気強く私に何度もプロポーズをしてくれた。

結果的にはそんな和範に根負けした形で一年後にプロポーズを受け入れた。そのことを伝えると、母はなにも言わずにそっと抱き締めてくれた。

それからは、和範がうちに来るたびに熱烈歓迎だ。

きっと母は、和範がイケメンだから眼福とでも思っているのだろう。

歩行練習に疲れて、脚のストレッチとして壁の手摺を支えに股関節を回していると、藤本くんがやってきた。

「先に股関節を柔らかく解してから歩く練習をしたほうがいいよ」

私の身体に負担がかからないやり方を教えてくれながら、一緒にストレッチをする。

こんな時、理学療法士である藤本くんが本当に頼もしい。

藤本くんの指導のもと、歩行練習を繰り返し、今日は外も寒くて冷えるからと少し早めに切り上げて、廊下の自動販売機の前で休憩を取ることになった。

「リハビリ室は空調が効いてるし、汗もかいてるだろうから、きちんと汗を拭かなきゃ風邪ひくぞ」

藤本くんに言われ、私はバッグの中からフェイスタオルを取り出した。

確かに全身ジワリと汗をかいている。

「水分補給もきちんとしろよ？　冬場の隠れ脱水で病院に来る人も結構いて、なかなか侮れないんだからな」

そう言われて私は、迷わず自動販売機のスポーツドリンクを購入する。藤本くんは、缶コーヒーのボタンを押して、備え付けのベンチに並んで座った。

これが中学生の頃だったら、今頃は心臓がバクバクできっと一人で舞い上がっていただろうな……

今は和範のことで私の気持ちは占められているから、藤本くんにときめいたりなんてしないけれど。

それでも、藤本くんも和範とはまた違ったなかなかのイケメンさんに成長している。

かつて甲子園を目指した野球少年は、体格だって他の人に引けを取らない。きっと今でも仕事をしながらコツコツ身体を鍛えているのだろう。

療法士として働いている時にしっかりと患者さんを支えることができるし、患者さん側から見ても安心感がある。

私の場合は、知り合いだから余計にそう思うということもあるかもしれないけれど。

でも、贔屓目なしに見ても藤本くんは良い理学療法士だと思う。

「で、また婚約者となにかあったのか？」

藤本くんが、タイミングを見計らって私に尋ねる。

藤本くんは、どうしてこんなに人の気持ちを読むことに長けているのだろう。

私が話を聞いて欲しい時に、私の欲しい言葉を絶妙なタイミングでくれる彼のそばは、居心地がいい。

でもそれは、中学時代とは違って、決して恋心にはならないけれど……

私は、バッグの中から封筒を取り出した。先ほど和範から預かった新居の図面だ。

「新居をね、構えるに当たって、藤本くんに意見をもらってきてって言われて」

私はそう言って封筒を手渡した。藤本くんはそれを受け取り、図面を取り出すと、すぐに目を通す。

「これは可動式の壁なんだな。で、収納がここか。手摺をつける場所が少ないから、この図面だと、今の光里にはちょっと辛いかもしれないな……。あと、水回りはこれでいいとして、洗濯物や荷物を運ぶのは……、カートを使うんだな。でも、ずっとこれを使ってたらリハビリにはならないぞ。平屋のバリアフリーは賛成だけど、後に家族が増えた時のことを考えたらなぁ……」

藤本くんは、まるで独り言のように呟きながら図面を食い入るように見つめている。

「藤本くん的には、これはダメってこと？」

藤本くんの口にする言葉に、私は不安になる。和範や設計士さんたちが一生懸命私のことを考えて練ってくれた図面にダメ出しの言葉が出てくるのだ。

「いや、ダメって訳ではないよ。でもまだこれで決定って訳ではないんだろう？　俺に意見を求めてくるってことは、まだ改善の余地はある訳だからな。たとえば、この収納の場所をこっちに移動すれば、ここに手摺が付けられるから、光里も自力で歩きやすくなるはずだ。で、この荷物を運ぶカートは、この動線だけで使えば問題なくなるし。さっきは水回りはこれでいいって言ったけれど、配置をこっちに少し動かせば光里の負担が減ると思う」

藤本くんは図面の余白スペースに、作業着の胸元に挿していた赤ペンで、改善すべきことを次々と書き出していく。それは脚の不自由な私に合わせたものだ。

和範が一生懸命に設計士さんと考えてくれた案も嬉しかったけれど、本職である藤本くんのアドバイスはやはり的確だった。

「本当だ。動線が変わると全然違う。これだと脚への負担が少なそうだね」

書き込みを隣から覗き、ひたすら感心する私に藤本くんはあきれ顔だ。

「おいおい。将来自分が住む家だろう？　これは光里のために色々考えてくれてるんだから、光里の意見が一番大事なんだぞ。ちゃんと婚約者にも自己主張しろよ？」

わかってはいるけれど、やはり遠慮してしまう。

そんな私の性格を充分にわかってくれている藤本くんが、あからさまに溜息を吐く。

「こんなことを今さら蒸し返してもなんだけど……、中学の頃だって、結局俺や灯里の気持ちを優先して、自分の気持ちを押し殺していただろう？　自分でも自惚れてるとは思うけれど、実はあの頃、光里の気持ちに気付いてたよ」

藤本くんの突然の発言に、私の頭の中は真っ白になる。

嘘だ。私は告白すらしていないのに。

「もう、十年以上も前のことだから時効だと思って、言うな。最初はわからなかったけど。あの日、放課後に二人から教室に呼び出された時に、灯里が俺に告白しただろ？　あの頃、俺は本当に灯里のことが大好きだったから、滅茶苦茶嬉しかったんだ。手作りのお菓子まで用意してくれてて、『ああ、俺のために作ってくれたんだ』って勝手に舞い上がってさ。でも、実際灯里と付き合ってみて、灯里は俺のことなんて全然見てないってわかった。あの頃のこと、光里も知ってるよな？　結局灯里とはすぐにダメになったけど、灯里と別れてから、あの本をくれた光里の気持ちに気付いたよ」

藤本くんが、優しい眼差しで私を見つめてくれる。

「だからって、光里とどうこうなろうとは思えなくて。実際、高校受験のこともあったし。でも卒業してからも光里のことはずっと気になってた。別れてもずっと灯里のことが好きだったけど、今の道に進む道標を立ててくれた光里に、いつか再会した時に、堂々と胸を張ってお礼が言いたくて……。それを目標にこの仕事、ずっと頑張ってきたんだ」

藤本くんからの意外な告白に、私は彼の誠実さを感じ、この人を好きになって良かったと改めて思った。

私たち、きちんと思い出話ができている。そのことに安堵して私は藤本くんに気になっていたことを聞いてみた。

「今は、彼女さんとかは？」

もしかして、藤本くんはまだ灯里のことが好きなのではないだろうか。そう思っていたのだ。

「いや。学生時代ならまだしも、この仕事ってかなり忙しいからそんな暇はないよ。もし仮に相手がいたとしても、忙しくて淋しい思いをさせるだけだから」

理学療法士と作業療法士の二つの資格を持つ現在の藤本くんは多忙だと聞いている。

きっと、プライベートなど皆無に近い状態なのだろう。

もう少し経験を積んで、慣れてしまえばそうでもないのかもしれないけれど、それは藤本くんにしかわからないことだ。

「宮田姉妹は俺にとって、特別な存在だということだけは今も変わらない。二人になにかあれば、俺はできる限り力になりたいって思う。灯里は初恋の相手だし、光里は今の俺の仕事の原点だから。ただ……」

藤本くんは、ここで言葉を切った。

一体なんだろう？　不思議に思って藤本くんを見つめ返した。

「灯里の言動で、気になることがあるんだ。付き合ってた中学の頃からずっと引っかかってた。俺のことが好きだと告白してきた割に、いざ付き合ってみても、灯里からは全然恋愛感情なんて感じなかった。これは俺の勝手な想像なんだけど、灯里は俺のことが好きだったんじゃなくて、光里のことを意識していたんじゃないかと思うんだ。上手く言えないんだけど、そこがなにか引っかかる」

「灯里が、私を？」

どういうことだろう。

確かに、灯里は私に好きな人ができると、まるで見計らったように自分も好きなのだと言ってきたように思う。でも、それを知るはずのない藤本くんが、そんなことを言ってくるなんて。

「光里、なにか灯里のことで心当たりはないのか？」

藤本くんが、いつになく真剣に聞いてくる。いつものリハビリの時とは違う。

ただならぬ空気に、私は答えた。

「……わからない。でも、灯里とは一度、ちゃんと話さなきゃいけないなって思ってる」

藤本くんは、ただ黙って見守るように微笑んでくれた。

リハビリが終わり、駐車場で待つ和範のもとへ向かい、すぐに藤本くんから受けたアドバイスを話そうとしたが、『灯里の店で話をしよう』と押し切られて、結局そのままダイニングバーへ向かうことになった。

灯里の作る料理を食べながら、新居の話をするなんて……

私の胸中は複雑だ。

開店間もなくお店に入ったからすぐにオーダーが通り、そこまで待ち時間もなく料理がテーブルに並べられた。

注文した料理を食べ終えるとテーブルの上を片付けてもらい、図面を広げる。

二人肩を寄せ合っている私たちの姿は、周りからは、さぞかしラブラブなカップルに見えることだろう。

仕事中の灯里が、私たちの話に割って入ってこなくて助かった。
私は、藤本くんから言われたことを和範に伝えると、彼も真剣に耳を傾けてくれる。
そして図面を返すと、また設計士さんと相談すると言ってこの話は終わり、あとはたわいない世間話をして、店を後にした。

今日は和範もこのあと時間に余裕があると言うので、急遽ドライブをすることになった。

夜の運転は暗いし視界が悪いから怖くないのだろうか。私は運転免許を持っていないのでわからない。疑問に思って聞いてみたら、ここまで真っ暗であれば、みんなライトを点けるから平気だと言う。むしろ黄昏時のほうが、中途半端な明るさで無灯火の自転車も多いため、運転は気を遣うのだと返ってきた。

目的地を定めないドライブ中、適度な車の揺れに眠気を誘われた私は、リハビリの疲労とお腹が満たされたこと、そして和範が一緒にいるという安心感から、いつの間にか眠ってしまっていた。

久しぶりにあの夏の日の夢を見た。
いつものように夢の中の私たちは大学生のままで時間が止まっている。

冷房がよく効いた和範の部屋で私は和範に組み敷かれていた。枕は和範が愛用しているであろうシャンプーの匂いがする。

婚約してから和範に触れられるようになり、抱き締められるたび、キスを交わすたびに嗅ぐ匂い。鼻腔をくすぐるその香りに、いつだって心がときめく。

私に触れる和範の唇が優しくて柔らかくて、唾液の感触まであるなんて、なんだか今日の夢はいつもと違って全てにおいて艶めかしい。

和範の匂いといい、私に触れる肌の温度といい、夢なのにとても贅沢だ。

これは私が和範の車の中でうたた寝しているからだろうか。なんだか今日の夢は、リハビリを頑張った私へのご褒美のようで、できることならこのまま目覚めずにずっと眠っていたい。

私は夢の中で和範を求めていた。

和範はそんな私の唇にそっとキスを落とすと、服の上から私の胸に触れる。その手付きはとても優しくて、やわやわと私の胸の感触を確かめているようだ。この感覚も、いつもの夢と違ってなんだかリアルに感じる。

口付けが段々と深くなり、私の口からは吐息が漏れる。でもその吐息も和範の口が呑み込んでしまう。私の口の中に和範の舌が侵入してくるのを感じた。

今日の夢は五感の全てを刺激される。今までになかったことに、夢の中だというのに戸惑いを隠せないでいると、耳元で和範が囁いた。

『光里、愛してる』

夢の中で私が目を開くと、そこには大学生の和範ではなく、大人になった今現在の和範がいて、私にキスをしている。そして私も大学時代のように髪の長い私ではなく、ミディアムボブの現在の私になっている。

そしていつの間にか和範の部屋から、今現在乗っている和範の車の中に場所が変わっていた。

冷房のよく効いた部屋から、暖房のよく効いた車内。

七年前のあの夏の夜、私の名前を呼ばれることも『愛してる』と言われたこともないし、七年前から現在にトリップしているなんて、色々おかしいことだらけだけど、『夢』だからと納得してしまうのが我ながら笑えてしまう。

和範に愛を囁かれながら、私は再び目を閉じた。

そう、これは私にとって都合のいい夢なんだから、せめて今だけは和範に愛されていると思わせて欲しい。いつもうなされるあの夢を上書きするかのような、束の間の幸せな夢を……

キスだけで蕩けてしまうのは、あの時と同じ。

でもいつも見る夢は七年前のあの時を忠実に再現しているのに、今日の夢は過去と現在が混在している、なんとも言えない不思議なものだった。

和範の唇が離れて、唇から熱が引いていく。なんだかそれがとても淋しい。

そう思っていた時に、遠くから聞きなれないメロディが聞こえた。

どうやら和範のスマホの着信音だ。

いつの間にか車はどこかの駐車場に停車していた。

徐々に覚醒すると、和範はスマホで通話中だった。寝起きで私の頭はまだぼんやりとしている。

「はい、滝沢です。……はい、お世話になっております。…………はい、その件につきましては本日見積書を発送しておりますので、到着後にご確認頂けましたら……。はい。はい、ではよろしくお願いします。はい、失礼します」

どうやら取引先の人からの電話らしい。和範の声で、ぼんやりとしていた私の思考がようやくはっきりとしてきた。先ほどまで和範とキスする夢を見ていたなんて、恥ずかしくて口に出せないし、寝言で変なことを言ってないか急に不安になる。

だけど、唇に残るこの感触は……あまりにも生々しい。

もしかして、あれは現実だったの？

それとも私が都合よく見ていた夢？

聞きたくても、そんなこと恥ずかしくて私の口から聞けない。聞けるわけがない。

「せっかく寝てたのに、起こしちゃってごめんね。気分悪くない？」

通話を終わらせた和範が、私の顔を覗き込んだ。

「運転中に光里ちゃん寝ちゃったから、少しでも身体に負担が掛からないように勝手にシート倒してベルトも外してたんだけれど……」

シートは、いつの間にか緩やかな角度に倒されていた。シートベルトも外されていて、身体を押さえつける圧迫感がなかった。両方とも眠っている間にしてくれたのだろうけれど、全然気付かなかった。

それに、私の膝の上にはフリースのブランケットまで掛けられている。

「ううん、こっちこそいつの間にか寝ちゃっててごめんね。それからこれ、ありがとう。それよりも……。もしかして、私、なにか寝言とか、言ってた？」

寝顔を見られて恥ずかしい気持ちもあるが、今はそっちのほうが気になって仕方がない。

「ううん、なにも。むしろ寝言を聞いてみたかったけど。なにか夢でも見てたの？」

心なしか和範の目つきが熱を帯びているように見えるのは気のせいだろうか。

先ほど見た夢のせいで、私は和範のことを正視できないでいる。

もしかして、あの夢は夢じゃない？　眠っている私に和範はキスしてくれた？　灯里じゃなくて、私に欲情してくれていた……？　さっき夢の中で聞いた言葉は、現実なの？

夢の中で目を開けた時、二十歳の和範じゃなくて今現在の和範とキスをしていた。

和範の夢を見ることはたくさんあったけれど、今回のようなものは初めてだ。だから、あれは現実だった……そう考えると合点が行くけれど、灯里がいるのに果たして私のことを愛してるだなんて言うだろうか。

やはりあれは私の都合のいい夢に違いない。そう結論付けると、私はカーオーディオのディスプレイに表示されている時計に視線を向ける。

デジタル表示はもうすぐ二十時を示そうとしていた。灯里のお店を出たのは十九時を少し回った頃だったから、どうやら三十分くらい眠っていたようだ。

「光里ちゃん眠ってたから、海浜公園まで車を走らせてみたんだけれど、外に出てみる？」

夜の海浜公園でも、隣接している駐車場には車がまばらに停まっている。海から吹き上げる潮風は、車内にも聞こえるくらいに轟音を響かせているから、寝起きで外に出れば風邪をひいてしまうかもしれない。

「ううん、やめとく。今日はそこまで防寒してないし」

「そうだね、光里ちゃんリハビリで疲れてるのに無理させちゃったから、今日はもう帰ろうか」

和範はそう言ってサイドブレーキを解除すると、車のギアをパーキングからドライブに動かし、ゆっくり車を動かした。

翌日は、午後から休暇を取っていたので仕事帰りのお迎えを断り、私は一人で買い物に向かった。

二月に入り、街はバレンタイン商戦真っ最中だ。

どこを覗いても、バレンタインのチョコレートやプレゼントがいっぱいで、ディスプレイはかわいらしいラッピングで溢れかえっている。

私は、和範へのプレゼントを探しにやってきていた。

和範には、プレゼントを買いに行くと伝えたら着いてきそうだったので、友達との買い物だと嘘をついた。

チョコレートは、父、藤本くんに用意する分と併せて和範への本命チョコも一緒に買いに行ったけれど、プレゼントはサプライズで用意したかったのだ。

いつも私の都合を優先させてしまい、迷惑をかけている。そのお礼とお詫びも兼ねて和範には内緒で、少し値の張るプレゼントを買いたかった。

向かった先は、百貨店だ。

久しぶりのお一人様のおかげで、和範のことや時間を気にせずゆっくりと自分のペースで色々と見て回れる。

和範はいつも私の買い物に、いやな顔一つ見せずに付き合ってくれるけれど、本当はどう思っているんだろう。

以前はこのような買い物も灯里が付き合ってくれていた。でもあの事故以降、灯里は私が出掛ける時は和範と行くように仕向けてくるようになった。

あまりにも不自然な灯里の態度に、私が気付かないはずはない。

思い返してみれば、あれは和範の最初のプロポーズを断った日の翌日からだった。

灯里は今までいつも私のことを気にかけてくれていた。それなのに、あの日以来私が灯里を頼ろうとすると、その役割を和範に振るようになったのだ。

灯里の休日に不自然な外出が増えたのも、私を避けているせいなのは明白だった。

手のひらを返したかのような灯里の態度の変化に、私は正直戸惑いを隠せなかったけれど、もしかしたら和範が灯里になにか言ったのかもしれないし、灯里自身が和範が私にプロポーズをした事実を受け止めて自分の恋心に終止符を打ったのかもしれない。

あるいは、事故で障害が残った私に同情して、高校時代の想い人に慰めさせようとしたのだろうか。

私には真相はわからない。灯里の意図することがわからない。

家族もなにも言わないけれど、私と和範が恋愛関係に発展するようにお膳立てをしていることは明白だった。

結局、プロポーズは受け入れたけれど、そこに本当に私に対する愛情があるのかは未だにわからないし、聞くのが怖い。

なぜならプロポーズをされる前も、されたあとの今日現在に至るまでも私は和範から『好きだ』とも『愛してる』とも言われたことがないのだから。

婚約者となってから、時々軽いキスを交わすようになったものの、それだけだ。

私の脚に障害がある限り、付き添う必要があるし、和範は口には出さないけれど、もしかしたら窮屈(きゅうくつ)な思いをしているのかもしれない。

私はバスに乗り、優先座席に座って車窓からの景色を眺めた。

思えば、プライベートで一人になる時間って、本当に久しぶりだ。

きっと和範も、一人になる時間は清々(せいせい)しているのかもしれないと思うと、なんだか可(お)笑(か)しくて、哀しくて、涙が溢れてきた。

私は、このまま和範の婚約者でいていいの？

彼を解放してあげなくていいの？

新居だって、私に気を遣って私の実家に近い場所で平屋を建てると言ってくれているけれど、本当はもっと利便性の高い場所にある、高層マンションなんかのほうが良いんじゃないだろうか。立派な実家だってあるし、もしかしたらご両親は二世帯住居を考えていたかもしれない。

一人でいると、どうしてもネガティブな思考になってしまう。

和範の気持ちがわからない。

和範は、もう灯里のことはなんとも思ってないの？

私のことを、少しでも好きと思ってくれているの？

どうして、私にプロポーズしたの？

あの夏の日、和範が言った『好きだ』の言葉は、誰に対してだったの？

今さらながら私たちは、あまりにも会話がなさすぎるのだ。

けれど、和範と直接話す勇気はない。

誰かに、相談したかった。

今度藤本くんに会ったら、全てを洗いざらい話してしまおうか。そして、藤本くんの目から見た客観的な意見をもらうのもいいかもしれない。

藤本くんとは、自宅のリフォームのことで色々と相談をした際に連絡先を交換している。この前のリハビリ後に話をしていた灯里の件も、あれからずっと私の中で引っかかっていた。

ちょうど目的地である百貨店近くのバス停に到着したので、私はバスを降りた。

杖を突いているのが見えたのか、出口近くに座っていた小さいお子さんを連れた若いお母さんが、さりげなく降車の介添えをしてくれた。

なにげない優しさが本当にありがたい。私はお礼を言って、バスが発車するのを見送ると、バス停を後にした。

百貨店に辿り着き、売り場案内の表示を確認して紳士服フロアへ向かう。

プレゼントは、英国ブランドのネクタイにしようと考えていた。

恋人へアクセサリーや身に着けるものをプレゼントする時には隠された意味があると知ったのは、やはり書籍からだ。和範から指輪をプレゼントされた時に、そのことを思い出して調べてみた。

指輪は『独占欲』。

これに関してはなんとなく理解はできる。

私もペアリングを購入しようかと悩んだけれど、本当に結婚するのなら結婚指輪を一緒に選べばいいと思って、今回はプレゼント候補から外した。

腕時計は『あなたと同じ時を刻みたい』。

素敵な意味だけれど、和範はスマホで時刻を確認しているので必要はなさそうだ。それに夏場は腕時計をするとベルト部分が汗でかゆくなるからあまり着けないと言っていた。

色々と悩んだ挙句、結局一番無難なのはネクタイだという結論に至った。

定番中の定番だし、意味も『あなたに首ったけ』。

なかなか言葉には出せないけれど、私の精一杯の気持ちが、これで和範に伝わるだろうか。

プレゼントに考えているブランドはデザインもシンプルで、男女問わず使いやすく、私自身もそのブランドに憧れがあった。実は就職した時に自分へのご褒美としてお財布を購入し、現在も愛用している。

和範は仕事柄、いつもスーツを着用しているからネクタイは何本あっても邪魔にはならないだろうし、なによりこっそりとお揃(そろ)いのブランドを持っているというだけで嬉しい。

それに、ブランド物は見る人が見れば一発でわかるし、商談など、ここ一番の時の勝負ネクタイになれば、これ以上嬉しいことはない。

あくまで私の自己満足に過ぎないけれど……

私はエレベーターに乗り、紳士服フロアへ降り立った。

フロア内のショップ案内のボードで場所を確認し、杖を突きながらゆっくりと歩いていくと、正面に、そのブランドのロゴの描かれたディスプレイが見える。

ショップ内には、きっと私と同じ考えだろう女性がネクタイを片手に悩んでいる姿が見えて、ちょっとほっこりした。

近寄ってくるショップ店員さんに、私もネクタイを見たいと告げ、先ほどの彼女の近くに案内された。

彼女の見ているネクタイは、シンプルだけれど光沢もあり、きっと和範がワイシャツの上に締めると似合うだろうな……

私も気になるネクタイを何本か手に取って、和範がネクタイを締めている姿を想像する。

和範は、白のシャツ以外にカラーシャツも着ることがあるので、ネクタイ選びも幅が広がる。

表情が柔らかいから、寒色系の色が似合うかな、とか、逆に雰囲気に合わせて暖色系かな、とか……

ふと顔を上げると、多分新作で一押しの品だろうか、シャツにきちんとネクタイを締めたマネキンが置かれていた。

……これだ。

どんな色のシャツにも合わせやすそうな、でも決してカジュアルすぎもせず、かしこまってもなく、使い勝手が良さそうなデザイン。これは絶対和範に似合うと思う。

私は早速、店員さんにこれと同じものが欲しいと告げた。

店員さんはすぐに同じ商品を出して、プレゼント用のラッピングをしてくれた。

メッセージカードはどうするか尋ねられたけれど、あとから自分で袋の中に忍ばせることもできると思い、この場では付けなくていいと断った。

無事にお会計も済ませバッグの中にプレゼントをしまい込む。

今日の目的を達成した私は、歩いて家路に就くことにした。

いつも和範に甘やかされるばかりで、外を歩く機会がほとんどない私は、歩行者の通行の妨げにならないように道路の端を杖を突きながらゆっくりと歩く。

リハビリで大分体力も付いてきたのか、思ったより疲れを感じない。

多分、普通の人の二倍近くの時間はかかっているだろうけれど、私は無事に自宅まで歩いて帰ることができた。

通常の仕事の日の定時より早く帰宅したので、家にはまだ出勤前の灯里がいた。

「お帰り。今日はカズと一緒じゃなかったの？」

灯里はダイニングテーブルから、リビングに設置しているテレビを観ながらほうじ茶を飲んでいた。

夜の時間帯に人気のあったドラマの再放送を観ていたようだ。

灯里は夜の仕事が主だから、それらをリアルタイムで観ることができず、いつも録画して日中にまとめて観ている。だが、今日は珍しく録画番組ではないみたいだ。

私の姿を見て、灯里は席を立つ。

私の分も湯呑みを出しに動いてくれる灯里にお礼を言って、私の定位置に座った。

こうやって家族に身の回りの世話をしてもらうのも、いつまでだろう。

結婚して、私がこの家を出る日はいつなんだろう。

和範からのプロポーズを承諾したものの、結婚についての具体的な話を、よくよく考えたら私たちはまだなに一つしていない。

そもそも結婚の日取りを決めるより前に気が付けば住居を構える話になっていたのだ。

もしかして、私たちはこのまま結婚式をしないのだろうか。

まあ、私が事故でこんな身体になってしまったので、バージンロードで杖を突く花嫁なんていやなのかもしれない。

神前式だったとしても、和装に杖なんて、全然そぐわないだろうし。

いや、そもそも和範は、結婚をしたくないのかもしれない。

事実、未だ入籍の話だって話題に上ることがない私たち、こんなことで本当に大丈夫なのだろうか。

「カズとは順調？」

お茶を淹（い）れてもらい、目の前に湯呑みが置かれた。

なんと答えればいいのだろう。曖昧に微笑んでごまかそうか。

……今は誰にも、触れられたくない。

そんな葛藤を抱えながらも、灯里に心配をかけたくないので、ひとまずは頷く。

実際私は和範に大切に扱われている。そこにあるのが愛情ではなかったとしても、これだけは疑いようのない事実なのだから。

和範の本心は本人ではないからわからないけれど、婚約者としての情はかけてもらっているはずだ。

今は、それでいい。

「そう言えば光里たちの新居って、ここから近い場所なんだってね。光里の身体に負担がかからないようにって、平屋で建てるんでしょう？　お母さんから聞いたよ」

和範が母に話をしたんだ……

まだ決定事項ではないのだと思っていたけれど、和範の中では、既に決定事項だったんだね。

私は曖昧に頷いた。

新居の建設予定地は、我が家からも近い場所にある滝沢家の所有地で、会社の資材置き場として使っていた場所だった。

そこに平屋の住宅を建てる予定で、建設資材も別の場所へ移すのだという。

それを聞いた時、わざわざそんなことをしなくていいのにと本当に心苦しかった。

私の左脚に後遺症が残ってしまったために……

「すごいなぁ。カズって跡取りなんでしょう？　立派な滝沢のおうちがあるのに、わざわざ光里の身体を思って家を建ててくれるなんて」

本当にそうだ。七年前に初めて足を踏み入れた、立派なあの家があるのに。プロポーズを受けてから、和範に連れられて、日中に滝沢家へお邪魔した。七年前のあの時は夜だったし、全く周りを見る余裕なんてなかった。だからご挨拶のために、改めて滝沢家を訪問して驚いたのだ。

滝沢家は敷地も広く、きっとご両親は将来的にリフォームなどを施して二世帯住居を構えるつもりだったのではないだろうか。そう思うと、尚更心が痛む。

「しかも、うちの近所に建ててくれるなんて。光里になにかあれば、私たちもすぐに駆けつけることができるように配慮してくれてるし、本当に光里は溺愛されてるね」

最後の一言が、妙に引っかかる。『溺愛されてるね』……それは違うでしょう。灯里との関わりが持てるように、じゃないの？

「……いいの？」

私は思わず声に出していた。

「え？」

灯里は聞き返す。

「私、本当に和範と結婚してもいいの？」

灯里の笑顔が固まった。

……ほら、やっぱり本心なんかじゃない。灯里だって和範のこと、好きなんでしょう。

灯里はなにも答えない。

「和範のこと、私の事故のことで再会してからまた好きになったんでしょう？　昔から私に好きな人ができると邪魔してきたよね。本当は、和範と結婚するのは私じゃなくて自分がよかったんじゃないの!?」

私は一気にまくし立てた。

「え、ちょ……、待って光里。一体なにを言ってるの……？」

灯里はあきらかに動揺している。

「……いつだって、私が好きになるのは灯里と同じ人なんだもん」

私の言葉に、灯里の表情が消えた。

「藤本くんの時だってそう。私が自分の気持ちを自覚した時、灯里、言ったよね。『藤本くんが好きだ』って。結局藤本くんが灯里を選んだから、私は藤本くんのことをあきらめられたけど。和範の時だって、私が和範を好きになったって、気付いてたよね？　クリスマスイブに告白して、OKされたって嬉しそうに言ってたから、灯里が幸せならって思ってあきらめようと必死だった。だから大学だって、二人の仲のいい姿を見たくなくて、わざとここに残らない選択をした。就職決まってこっちに帰ってからも、ずっと和範との接点を持たないように、付き合いの幅も狭めてたのに……。灯里の泣き顔を見たくなかったから……。私が和範にプロポーズされた時、灯里、陰で泣いてたでしょう？　私、気付いてたよ。私のこの怪我がきっかけで、私が和範のことを追いつめちゃったって。灯里だって私のこと気に病んでるって。でも、灯里は今でも和範のことが好きなんでしょう？　なのに、心にもないことを言わないでよ！」

感情が爆発して、今まで思っていたことが一気に口から出る。

自分の意思に反して、抑えようにも抑えきれずに次から次へと言葉が飛び出す。

「今ならまだ、籍だって入れてないし家も建てる前だし、灯里が本当に和範のことが好きなら……」

私の言葉を、灯里が遮(さえぎ)る。

「結婚やめるって？　馬鹿言わないでよ！　私が……、私が今までどんな思いでいたかなんて、光里はなにも知らないくせに！」

灯里は悲痛な叫び声をあげた。

でも私には灯里の発する言葉の意味が理解できず、灯里が次に言葉を話すのを待った。

「光里はいつだってそう。自分の気持ちを押し殺して、本当に欲しいものをいつも私を理由にしてあきらめて。……被害者ヅラしていい子ぶるの、いい加減やめなさいよ！　私が好きって言ったら、なんでもすぐに全てあきらめるの？　光里の気持ちって、所詮(しょせん)その程度のものだったの？　素直に『私も好きなの』って言えばいいだけじゃない！　私、それをずっと待ってた……。藤本くんの時のことは、申し訳ないけれど、藤本くんの気持ちが光里にないのはわかってたから。お節介な子たちがね、藤本くんが、私のことが好きって私に直接言いに来てて。藤本くんの気持ちを知ってたから、光里が振られて傷つくのがいやで、したくもない告白までして付き合ってみた。でもね、カズの時、確かに私は光里にカズのことが好きって言ったけれど、私が言う前から光里、好きってこと認めようとしなかったじゃない。だから、なんとか本音を引き出せないかと思ってあんなこと言ったのに、逆にあきらめようとするし……。結局あきらめるどころか未練たらたらで、最終的には婚約までして。あきらめることなんてできないくらい、カズのことが好きなんでしょ⁉」

灯里の言葉に深く傷付いたけれど、言っていることに間違いはないからなにも言い返せない。

テーブルの上のほうじ茶からあがる湯気が、涙でにじむ。

「……産まれた時から一緒にいて、光里のこと、私が一番そばで見てきたんだから、気持ちは痛いくらいわかる。どうして私にいつもそんなに遠慮するの？　ねえ、どうしていつも、私に対して劣等感を持つの？　卑屈になる必要なんてないのに、歳を重ねる毎に被害妄想が酷くなってるし。『光里は光里らしくいて』って、私がいつも言ってたこと、全然素直に聞いてくれない。私に遠慮して、自分の気持ちを押し殺して無理して笑ってる光里を見て……。はっきり言って、そんなの私全然嬉しくないよ？　逆にいつも悲しかった。二卵性でも私たちは双子の姉妹だよ、普通の姉妹とは違うんだから。私だって泣きたいよ」

灯里は私から視線を外さない。でもその表情は、私と同じだった。

ただ、灯里はまだ涙を流していないだけで……

「小さい頃から、双子だからなにかと比べられることは多かったよね。でも、私はとりあえず、なにを言われても右から左に聞き流していつもニコニコ笑ってやり過ごしてた。勉強ではいつも光里に敵わなくて、比べられるたびに正直言ってとても悔しかったけれど、同じ人間じゃないいんだから仕方ないって割り切って、敢えて私はニコニコしてた。比べられて傷付いていたのは、光里、あなただけじゃないんだよ。……光里はさ、比較されるたびに内にこもっちゃうから、余計に私が笑っていなきゃって。いやな相手の前でも自分の感情殺して笑顔作ってた私の気持ち、光里にわかる？」

淡々とした口調だけれど、二十七年間、溜まっていた気持ちがお互いに爆発寸前だ。

「わからないよね？　私も、光里も今までこうやって本心を話したことなんてないんだもん」

灯里はそう言って、ぬるくなったほうじ茶に口を付けた。

そうして一息吐くと、再び口を開く。

「私が一番大事なのは、光里だよ。だから、光里に傷ついてほしくなかったし、なにより光里が本当に欲しいって思うこと、本音をさらけ出して欲しかったの。高校の時だって、ああ言ったら本当の気持ちを明かしてくれるんじゃないかって、今度こそ自分も好きになったって言ってくれるんじゃないかって、カズが好きなら好きだって、光里の口から聞きたかったの！」

灯里の言葉に、私はなにも言い返せない。

……思い返してみた。

私はいつから灯里に遠慮を始めたの？

それはなぜ？

灯里を悲しませるくらいなら、私が我慢すればいいって思い始めたのは、いつ……？

「幼稚園の年中さんの誕生日、おばあちゃんが買ってくれたぬいぐるみを光里が欲しがって、取り合いになったの覚えてる？　お互い言い出したら聞かなくて、引っ張り合ってぬいぐるみの腕が取れて、中綿も散乱しちゃって。お母さんが中綿を詰め直して、取れた腕を縫い直してくれたけれど、元通りにはならなかった。あの時からだよ。光里が自分の感情を殺し始めたの」

言われて思い当たった。あの時のことだ。

やっぱり灯里も忘れてはいなかった。

忘れる筈がない。だって、あれは誕生日前から灯里がプレゼントに欲しいと言って、やっと買ってもらったものだ。今でも灯里の部屋の片隅に、そのぬいぐるみは大切に飾ってある。

灯里の欲しがっていたピンクのウサギのぬいぐるみが、本当は私も欲しかったんだ。ふわふわで手触りもよくて、私もひと目で気に入って、欲しいと思ってしまったそれ。

私たちは双子だから、いつもならどちらかが欲しいと言えば、喧嘩にならないようにと与えられるのは必ずそれぞれに一つずつだった。

でも、あの時は……

お店に在庫が一つしかなく、再入荷もないから、二人で仲良く遊んでねって、おばあちゃんに言われたものだった。

その大事なぬいぐるみを壊してしまった罪悪感から、おばあちゃんに会うのが怖くて、言いつけを守らなかった私は叱られるのではないかと怖くて。

なによりあの時の灯里の泣き顔が忘れられなくて、二度と灯里にあんな顔をさせたくないと幼心に誓ったのだった。

灯里のものは欲しがってはいけない。

灯里を悲しませるくらいなら自分が我慢すればいい。

自分さえ我慢すれば……

「小さい頃のことだし、あれからあのぬいぐるみと同じものを、おばあちゃん、お母さんも探してくれたよね。でも、光里は罪悪感から『もういらない』って泣いて。結局あのぬいぐるみは私がもらったけれど、本当は光里だって、欲しかったんだよね？」

灯里の言葉に、泣きながら頷いた。

「やっと……、やっと本音が聞けた……」

灯里の声がすぐそばで聞こえたと思ったら、私は灯里に抱き締められていた。

「我慢させてごめんね。光里らしさを奪ってしまったのは、本当は私なんだよね。いっぱい我慢させて、いやな思いをさせてしまってごめんね……」

灯里の声が震えている。

「私は、光里だけじゃなくて、カズや藤本くんにも謝らなきゃいけない。みんなにも聞いてもらいたい話があるから、明日の夜、一緒にお店に来て」

私を抱き締めていた腕が離れていく。私を包んでいた温もりがなくなっていく。

灯里の顔が、涙で歪んでよく見えない。

「仕事、行ってくる。悪いけれど藤本くんとカズに連絡お願いね」

灯里の声が、私の耳から離れない。

明日の夜、灯里はみんなになにを話すつもりだろう。

私はすっかり冷めてしまったほうじ茶の入った湯呑みに口をつけた。

第五章　真実

灯里が仕事に出かけたので、家の中には私一人。

テレビの音声がやたらと耳に付くけれど、今の私には雑音にしか聞こえない。

頭の中で情報を整理したくて、リモコンでテレビの電源を落とすと私はダイニングテーブルの上に突っ伏した。

灯里の言葉に私は混乱する。

灯里の本心は、一体……

灯里を悲しませてしまった幼少期のあの出来事。

あれさえなければ、私はこんな性格にならなかった……？　灯里に遠慮することなんてなかった？　昔みたいに素直なままでいられた？

私は涙を拭うと、テーブルの下に置いていたバッグの中からスマホを取り出し、藤本くんに電話した。

仕事中に申し訳ないと思っていると、二コールで出てくれた。

『もしもし』

聞きなれた藤本くんの声が、私の耳に響く。これが中学生の頃なら心ときめかせていたことだろう。

でも私はもうあの頃の私ではない。

「もしもし、藤本くん？　光里です。仕事中にごめんね。今、電話大丈夫？」

スマホ越しに病院内のアナウンスが聞こえる。もしかして迷惑だっただろうか。電話じゃなくてメッセージを送っておけばよかっただろうか、と不安がよぎる。

『うん、ちょうど今休憩室でコーヒー飲んでたところだから大丈夫。どうした？　なにかあった？』

仕事の邪魔をしている訳ではないと知り、私はホッと息を吐いた。

「うん、実はね……、今、ちょっと灯里と言い合いになって……。その流れで、藤本くんと彼にも一緒に話を聞いてもらいたいって灯里が言ってて。突然で悪いんだけれど、明日の夜って藤本くん、時間取れないかな？」

私の唐突な申し出に、藤本くんは戸惑いを隠せないようだ。

『ん？　待って、ちょっと意味がよくわからないんだけど。彼って、例の婚約者のことだよな。なんで灯里との言い合いで俺や光里の婚約者が話を聞かなきゃならないんだ？』

私の今の言い方では、藤本くんも意味がわからないだろう。言葉足らずを反省しながら補足説明を入れた。

「あのね、灯里との言い合いの原因っていうのが、私の婚約者とのことなんだけれど……。私たち、実は同じ高校出身で、灯里と婚約者の彼は同じ商業科で同級生なの。で、あの二人、実は昔付き合ってて……」

ここまで話をした時に、藤本くんが口を挟んだ。

『は？　光里の婚約者って、灯里の元カレなのか？　……それ、本当に？』

スマホのスピーカーの向こう側で、藤本くんは素(す)っ頓狂(とんきょう)な声をあげた。

「うん、灯里が高校の時に……その後いつまでかはわからないけど」

私の返事に、なにか考え込む様子の藤本くんをよそに、私は話を続ける。

「でね、あの事故で再会して、結局彼は私の怪我の責任を取る形でプロポーズしてくれたの。だけど、二人の過去を知ってるだけに、もしかして、灯里はまだ彼のことが好きなんじゃないかって思って、そんな状態で私、結婚してもいいの？　って。それで言い合いになって」

私の言葉を黙って聞いていた藤本くんが、徐(おもむ)ろに口を開いた。

『……了解。多分、俺が呼ばれた理由、なんとなくわかった。明日の夜だよな？　仕事が終わったら行くよ。二十時くらいには行けると思う。場所は灯里の店だよな？』

藤本くんもこの前のリハビリの時に灯里について気になっていることがあると言っていたし、それと関連があるのだろう。すんなりと了解をもらえて助かった。

「うん、申し訳ないんだけど、お店に来てくれる？　私たちも一緒に呼ばれてるから」

『わかった。多分この前の話も、一緒に片が付きそうだな。じゃあ明日の夜、店に行くよ。そろそろ仕事に戻るから、電話切るな？』

「うん、忙しいところごめんね。じゃあ、明日の夜、お願いします」

通話を終わらせて、私は深呼吸する。

冷めてしまったほうじ茶の入っている湯呑みに口を付け、それを全部飲み干すと、再びスマホの画面に目を向けた。

気を取り直して、続いて和範に、メッセージを送る。

『明日の夜、灯里が私たちに時間を作って欲しいとのことです。都合はどうですか？』

文面を色々と考えたものの、結局はシンプルに用件のみを打ち込んで送信した。

いつも私の病院やら図書館の送迎やらで、仕事の邪魔をしているのだ。飾り言葉や無駄なスタンプを送って手間をかける訳にはいかない。

当然、仕事中に電話をかけて、これ以上迷惑をかけるなんてもっての外（ほか）だ。

メッセージを送っておけば、和範の仕事の邪魔をすることもなく、空いた時間に見てくれるだろう。

メッセージを送って間もなく、既読がついた。

そしてすぐ、スマホに着信が入る。スマホの液晶画面には『滝沢和範』の名前が映し出されている。

私は深呼吸をしてから、通話のボタンを押す。

和範との通話はこれまで何度もしているが、未だにディスプレイの名前を見るだけで緊張してしまう。

「もしもし」

私の言葉を聞いて一呼吸分の間が空いてから、和範の声が聞こえた。

『もしもし、光里ちゃん。メッセージ見たよ』

スマホ越しに聞こえる和範の柔らかい声。

相変わらず穏やかな口調ですんなり耳に馴染む。この声を聞くだけで安心するけれど、今は緊張のほうが大きい。

「今、通話大丈夫なの？」

『うん、大丈夫だからかけてるんだよ。無事に買い物は終わった？』

そうだった、今日は和範のお迎えを断って買い物に行ったんだった。

スピーカー越しに、和範のクスクス笑う声が聞こえる。

「おかげ様で無事に帰宅したよ」

『そっか。目当てのものは買えたの？』

「うん」

さすがになにを買ったのかを聞かれたら返事に困るけれど、和範もそこまで深く追及はしない。

『ならよかった。メッセージ見たよ。明日の夜って、灯里は時間は何時頃とか言ってた？』

スマホ越しに、手帳をめくる音が聞こえる。和範は、スケジュールを手帳に書き込んでいるのだ。

数年前までスマホでスケジュール管理をしていたそうだが、思いがけないアクシデントでデータが飛んで大変な思いをしたからと苦笑いしていたのを思い出した。

不便かもしれないけれど、アナログなやり方は私もなぜかホッとする。

きっと最新の事象に私自身も付いていけないからだろう。

手帳をめくる紙の擦れる音を聞きながらふと思った。和範はもしかしたら、なにか予定があったかもしれない。

また仕事の邪魔をしてしまっているのでは、と不安になる。

「特に時間は言ってないけど、藤本くんにも声を掛けてくれって言われていて。藤本くんに連絡したら、二十時くらいになるかもって言ってたから……」

『藤本って、リハビリ担当の？　なんでまた彼も一緒なの？』

藤本くんも一緒と聞かされ、当然不思議に思うだろう。

なので、今日の灯里とのやり取りをかいつまんで説明した。

すると、和範は少し考えているような様子だったけれど、すぐにわかったと言った。

『じゃあ、明日は僕がまた図書館に迎えに行くから、一緒に灯里のお店に行こう』

「晩ご飯、どうするの？」

二十時頃なら、和範もきっとお腹が空いているだろう。

『灯里のお店で食べればいいんじゃない？　そもそも飲食店なんだし』

和範はおかしそうに返事する。それはそうなんだけれど……

『じゃあ、閉館過ぎにいつものところで待ってるから』

和範はそう言って、通話を終わらせた。

口には出さないけれど、きっとまだ仕事が残っているのだろう。

いつも私の都合に合わせてもらって申し訳なく思ってしまう。

無理なら断ってくれたらいいのに、和範はよっぽどのことがない限り、私に関連する予定は断らない。

特に、私の送迎に関しては、なぜか他の誰にも委ねることをしない。

私の家族にも、自分がやるからと宣言するくらいだ。

きっと、自分が私に後遺症の残る怪我を負わせたという責任を感じてしまっているからだろう。

そんなことを思う必要なんて、全然ないのに……

通話が終わり、私は大きな溜息を吐く。

明日、灯里は私たちにどんな話をするんだろう。

この日、私は灯里の言葉が気になり、布団の中に入ってもなかなか眠ることができなかった。

翌朝は、小雪が舞う寒い日で、念のため少し早く家を出るつもりで準備をしていた。

朝食後に一度部屋に戻り荷物を取ろうと席を立った時、玄関のインターフォンが鳴る。

灯里は仕事で夜型の生活になっているため、この時間はまだ就寝中だ。

新聞を読んでいた父が、顔を上げて玄関のモニターを確認し、私に声を掛けた。

「光里、和範くんだ」

父の言葉に私は耳を疑った。なぜこんな朝早くに？

私は、杖を突きながら玄関へ向かう。

三和土(たたき)の一部には私用にすのこが敷かれており、私はその上に下りて玄関の鍵を開ける。ドアを開けると間違いなく和範が、そこにいた。

「おはよう、光里ちゃん」

爽やかな笑顔をまっすぐに向けられて茫然としていると、和範は寒いから入るよと言って玄関に入り、ドアを閉めた。

「……どうして？」

私は挨拶することすら忘れて、疑問をぶつけた。

「寒さは傷によくないんでしょう？　脚に負担をかけさせたくないから、迎えに来た」

当然だと言わんばかりの表情だ。和範の言葉に目を丸くした。

傷って……

和範、気付いていたの？

冷えは、手術した脚にはあまりよくなくて、特にこんな寒い朝は、どうしようもなく疼く。

どうしても我慢ならない時は、こっそり鎮痛剤を服用して痛みをごまかすくらいだ。

和範には、言ったことがないはずだったけれど……

「隠さなくていいよ。僕は光里ちゃんの全てを受け入れるって言ったよね。頼りないかもしれないけれど、僕のこと、もっと信じて」

和範の言葉をかき消すように母が私たちに声をかける。

「光里ーっ、そこは寒いから和範くんに上がってもらいなさい。まだ時間は大丈夫なんでしょう？　よかったら中でお茶でも飲んでいって」

母の言葉に和範が答える。

「おはようございます。お義母さん、ありがとうございます。でも今日はあまり時間がないので、また今度ゆっくりお邪魔しますね」

和範はそう言うものの、それでも玄関先では寒いはずだ。待つ間だけでも上がってもらおう。

準備に少し時間がかかるからと言って、リビングに上がってもらうことにした。

母が和範に温かいお茶を淹れてくれているので、その間に私は歯磨きを済ませ、身支度を整える。

洗面所の鏡で最終チェックをした。

化粧は、いつも通りのナチュラルな仕上がりだ。

仕上げに口紅を塗り、ティッシュで唇を軽く押さえる。

ティッシュをゴミ箱に捨てると、私は杖を突きながら自分の部屋へ向かい、通勤用の鞄とコートを取った。

鞄を肩にかけ、杖を突きながらリビングに入ると、両親と和範が笑いながら寛いでいる。

そんな和やかな団欒を見ていると、やはり和範の結婚相手にふさわしいのはやはり私のように暗い人間ではなく、灯里のような屈託のない人間なんじゃないかと不安になる。

私より、灯里のほうが料理だって上手だし、愛想だっていい。

二人のほうがきっとお似合いだ。

ダイニングテーブルの上に置いてあるお弁当と水筒を鞄の中に入れて、準備を整える。するど、和範はソファーから立ち上がり、私のそばにやってきた。

「準備できた？　荷物貸して。じゃあ、行ってきます。今晩は僕たち、灯里のお店で夕飯済ませますので」

和範は私が肩から下げているバッグを持って、私の両親にそう告げた。

「灯里のお店で食べてくるのね。今日はお父さんも晩ご飯いらないから、それならお母さん一人で適当に済ませるわ」

母は呑気なことを言って、私たちを送り出してくれる。

和範に支えられて私は一緒に玄関まで歩く。

支えがあると確かに歩きやすいけれど、リハビリにならない気がする。

また私はこうやって和範に頼りきりになってしまう。

左手で杖を突くので、指輪が傷付かないようにと右手の薬指に指輪をはめているのだが、和範はなにか不満があるのだろうか。指先を必ずチェックしては切なそうな表情を浮かべている。

本来ならば左手薬指に指輪をするべきなのかもしれないけれど、まだ結婚している訳ではない。

それに、贈られた指輪（これ）はファッションリングで、結婚指輪ほどの強度はない。ちょっとした圧力がかかるとすぐ変形してしまう。

だからこそ、傷をつけたりしたくない。

和範は先に靴を履き、三和土で私を待つ。

私が三和土部分に置いた椅子に座って靴を履くと、立ち上がろうとするのを和範が支えてくれる。

ちょっとしたボディタッチが、嬉しくないと言えば嘘になるけれど、和範は普段通りにしていても私は気恥ずかしい。

小さな声でありがとうと伝えると、和範に右手を握りしめられ、二人で一緒に玄関を出る。

「「行ってきます」」

和範の車は、車庫が空いていないので玄関前に路上駐車してあった。

現在、我が家で運転免許がないのは私だけであり、両親も灯里も自分の愛車がある。

灯里が免許を取得した時に、庭の一部を駐車場にしたので、現在は庭にはなにも植栽をしていない。

そのうちもう一台分の駐車スペースを確保するらしい。そこはおそらく和範用になるのだろう。

視界を遮るものはできるだけ置かないようにしていて、それまで洗濯物を干していた場所もわざわざ別のところへ移している。

私が事故に遭ったこともあり、視界を確保することに重点を置いているのがよくわかる。

運転が苦手な母は、駐車場が広くなったことを喜んでいたけれど、洗濯物を干す場所が変わったことについて内心不満に思っていないのだろうか。

右手を和範に繋がれて、左手で杖を突きながら車まで移動する。

いつものように和範が荷物を後部座席に置き、助手席のドアを開け、私がきちんと座ったのを確認してドアを閉める。

和範には当たり前となっているルーティンも、私は未だ慣れないでいる。

できることは、自分でやりたいのに……

口に出しても、きっと聞き入れてもらえないだろう。

地味で目立たない、思ったことの半分も口にすることができない私。

和範は本当にこんな私と結婚していいの？

助手席で俯いて座る私を、和範が見つめている。彼は、今なにを思っているのだろう……

車が動き始め、一つ目の信号に引っ掛かって停止した時に、和範が唐突に切り出した。

「多分、この降り方なら積もらないと思うけれど……。今晩もし視界が悪くなるような降り方になったら、悪いけど光里ちゃん、今日はどこかにお泊まりするかもしれないからね」

突然の発言に、一瞬理解できなかった。

『もし視界が悪くなるような降り方になったら、今日はどこかにお泊まりするかもしれないから』

風が強くて吹雪いているものの、この雪はぼたん雪。

水分が多い雪だから、多分積もる雪ではない。けれど……

風が弱まらないなら、視界不良で運転は危ない。特にあの事故以来、和範は運転に人一倍気を遣っているし、私に対しても過保護なくらい無理をさせまいとしている。

視界の悪い中を無理に帰るより、どこかへお泊まりする——その可能性は充分ありそうだ。

「うん、わかった。あとで母に連絡して、荷物を灯里に預けてもらうね」

私は普通に話せているだろうか。

声が少し震えているのに気付かれていないだろうか。

信号が青になり、車は再び動き始める。

車内のカーステレオから、和範のお気に入りである女性アーティストの曲が流れている。

それは近年、皆に惜しまれながらも引退した日本を代表する歌姫と称賛された歌手のベストアルバムだった。

先ほどまで流れていたテレビアニメの主題歌が終わり、彼女のしっとりとしたバラードが、車内に静かに流れる。

「ねえ、光里ちゃん。今日の灯里の話がなにかわからないけれど、それが終わったら、僕たちもきちんと向き合って話をしよう」

和範の声で、私はようやく顔を上げて彼のほうを見た。

和範は視界の隅でそれを感じたのか、信号を待つ間、ハンドルを握っていた左手をそっと離して私の右手に重ねた。

そしてその指が、私の薬指の指輪に触れる。和範から贈られたピンクトパーズの指輪だ。

「この指輪、もう外さないで」

小さな声で、和範が呟いた。

今まで聞いたことのないほどに、その声は自信なさげな弱々しいものだった。

私は無意識のうちに、和範が私の右手に重ねた左手の上に、自分の左手を重ねて、両手で和範の左手を覆った。

「でも、せっかくの指輪に傷がついちゃうよ、もったいない」

ひんやりとしている和範の指を温めるように、そっと包み込む。

「そんなの気にしないで。これはお守りなんだから」

和範の頬に、ほんのりと赤味が差したように見えたのは、気のせいではないだろう。

しばらくして、車は図書館に到着した。


今日も図書館ではデスクワークがメインだったけれど、最近は返却受付カウンターに座る時間も少しずつ設けてもらえている。

カウンター業務については、以前から、坂本さんにも相談していた。

なぜなら、カウンター当番のスケジュールを管理しているのが坂本さんだったから。

忙しい時間帯に座ることもあれば、暇な時間帯もあり、その時によって接客人数には波があるものの今のところ問題なく業務をこなせている。やはり私も司書の資格を有しているだけに、カウンター業務を他の司書さんたちだけに任せる訳にはいかない。

リハビリを頑張っている成果も出てきており、段差のない場所なら、杖なしでほんの少しずつ、ゆっくりとだが歩けるようになってきた。

なので書籍の場所案内も、カウンター近くであれば、時間を気にしない常連の利用者限定で時々やっている。

リハビリも兼ねていることを常連の利用者さんたちは知っているので、優しく見守ってくれるのは本当にありがたい。

急いでいる方や若い方が相手だと、今の私では逆に迷惑をかけてしまうので、その時はカウンターに座るもう一人にお願いするのだが……

カウンター業務も二人で行うので、フロア案内は、私とペアになる人が基本的にはいつも前に出てくれる。

日々の業務を坦々とこなし、そして今、閉館時刻を知らせるメロディが流れている。

いつもと変わらない、ありふれたごく普通の日常だ。

図書館内に利用者が残っていないかを確認してもらうと、他のスタッフが施錠、ブラインドを下げて、閉館後の処理を始めた。

外は相変わらず雪が降っている。日中はぼたん雪で積もることはないだろうと思っていたけれど、日没以降、激しさを増しているようだ。

私もカウンター周辺の片付けを始める。

結局、母には連絡をしていない。できなかったというほうが正しいだろう。

この雪の降り方だと、本当にお泊まりをしたほうがいいのかもしれないけれど、最悪の場合、今日は和範に送ってもらうのではなく灯里の仕事が終わるまでお店に残って、灯里と一緒に帰宅するというのも手だ。

幸いにも明日は午後からの出勤なので、多少帰りが遅くても差し支えない。

十八時に閉館の図書館は、平日なので残業もなく、十八時半頃には帰宅できる。

タイムカードを打刻して、ロッカーにエプロンを片付けた。

荷物を持って図書館を後にすると、裏口駐車場の定位置に和範の車がある。

和範の車に向かって、杖を突きながらまっすぐに歩いていく。

利き手ではない左手で杖を使うことに、最近やっと慣れてきたけれど、それでもやはり使い勝手が良いとは言えない。

今、肩から下げているこのショルダーバッグも軽いからと思って使っていたけれど、やはりリュックのほうが邪魔にならないかもしれない。

和範は運転席からこちらを見ていたのだろう。

私が車の近くまで行くと、運転席から降りていつものように出迎えてくれる。

「お疲れ様、光里ちゃん」

その柔らかな笑顔に、泣きそうになる。

和範の胸の中に、遠慮なく飛び込んでいけたなら。私は何度想像の中で、彼の腕の中での熱い抱擁を夢見たことか……

「いつもありがとう」

でも、口から出てくるのは、相変わらず愛想のない言葉。

いつものように、和範は私の荷物を後部座席に載せて私を助手席に座らせると、ドアを閉める。

こんなお姫様のような待遇に、私はいつまで経っても慣れることがない。

和範も運転席に座り、お互いがシートベルトを着用すると、車は静かに動き出す。

まだ灯里のお店に行くには、早い時間だ。

和範は一体どこに向かって車を走らせているのだろう。

カーステレオからは、CDではなくFMのラジオ番組が流れている。

ちょうどローカルニュースの時間帯らしく、地元のアナウンサーがニュースを読み上げる。

日中の雪は、積もることなく路面を濡らしていた。

現在も、小雪がパラついている。運転、大丈夫だろうか。

「視界が悪いから、運転しづらいよね……？　私、免許持ってないから、代わってあげられなくてごめんね」

私の声に、和範が優しく反応する。

「大丈夫だよ、運転は元々好きなほうだし。光里ちゃんを横に乗せて走るのは楽しいから」

和範の左手が、そっと私の右手に触れた。

驚いて和範の横顔を見つめると、和範は正面を向いたまま、右手でハンドルを握っている。

まだ信号は赤のままだ。

「僕はね、光里ちゃんともっと、お互いが思っていることを話し合いたいんだ。光里ちゃんは、僕が何度もプロポーズしたのは、怪我の後遺症が原因だと思ってるだろうけれど……。それは違うから。それも含めて、今日の灯里の話のあと、ゆっくり話し合おう」

和範の言葉が、私の心に揺さぶりをかける。

『僕が何度もプロポーズしたのは、怪我の後遺症が原因だと思ってるだろうけれど……。それは違うから』

一体どういうこと？

和範は、灯里のことを好きなんじゃないの？

和範の左手は、まだ私の右手を離さない。

和範の手のひらの下には、彼から贈られた指輪を着けた私の手がある。

信号が青に変わると、和範は左手をハンドルに戻した。

「まだお店に行くには時間も早いし、かといってどこか行くにも中途半端な時間だし。なにかしたいことある？」

何食わぬ顔で車を走らせる和範からの問いに、私はなんと答えたらいいのだろう。

映画はこれといって観たい作品も特になく、上映時間によっては灯里のお店に行く時間がずれ込んでしまう。

本屋も、私はよくても、果たして和範は楽しめるだろうか。

夕飯は灯里の店で食べるだろうから、下手にファミレスなんて行っても仕方ないだろうし。

しばらく考えた末に、ふと閃いた。

「イルミネーション」

私の呟きに、瞬時に反応する和範。

「それって、時計台のやつ？」

「うん。あれって、確かバレンタインデーまでじゃなかったかな」

市内にある公園の時計台周辺は、クリスマス時期からバレンタインデーまでの期間、イルミネーションが点灯している。

クリスマスの時期は特に人が多く敬遠していたから、実は今の今までじっくりと見たことがない。

「バレンタインまでもう一週間切ってるし、見逃したらクリスマスまで見られないから、できたら、じっくり見たい」

私の声に、和範は嬉しそうに微笑んだ。

「うん、わかった。イルミネーション、今から一緒に見に行こう」

その公園は、ここからも割と近い場所にある。点灯時間は、十八時から二十一時までの三時間。

近隣から苦情が出ないように、短時間だけの点灯だ。

十八時半に図書館を出たので、時間的にいい頃合いだろう。

和範はウィンカーを出して、公園のほうへ車を向かわせた。

ちょうどカーステレオのＦＭラジオからは、バレンタインのラブソングが流れている。

「チョコレート、楽しみにしてるよ」

和範の言葉に、ぎこちない笑顔を返す。

チョコレートを買いに行くのに付き合ってくれたけれど、ショップの中までは入らなかった和範は、私がどのようなチョコレートを選んだかは知らない。

でも、有名ブランドのチョコレートなので、きっと悪いものではないだろう。

初めて和範にチョコレートを贈ったのは、一昨年のバレンタインだった。その時からリハビリの送迎などでお世話になっていたので、私は意を決して人生初めて行動を起こしたのだ。

灯里の目が気になっていたこともあり、本命チョコなんて買えなかった。

でも、日頃の感謝の気持ちを伝えたくて、リハビリの帰りに一緒にチョコレートケーキを食べに行った。

灯里の想い人だから形に残らないものがいい。

残さないほうがいい。

そう思ってのことだった。

去年のバレンタインは、プロポーズを断ったあとだったこともあり、チョコレートの詰め合わせをラッピングしたものを渡すだけに終わった。

藤本くんと父にも同じものを渡していた。つまりは義理チョコと同じだ。

でも今年は……

十五歳の時に出会って、まさかの再会を果たし、和範にとっては不本意かもしれないけれど、ずっと好きだった人と私は婚約しているのだ。

これは夢ではない。

思えば、バレンタインに本命チョコレートを渡すのなんて、生まれて初めてだ。

しかも、プレゼントまで一緒に用意して。

和範は受け取ってくれるかな。

喜んでくれるだろうか。

最近の和範の様子を見ていると、心は私に向いているように思えてしまう。

でもそれがぬか喜びだった場合、ショックは大きい。

和範の気持ちが間違いなく私に向いていると信じられたら、私も素直になれるのに。

和範の、あなたの一番になれたらいいのに。

最近、つくづく思う。

灯里の身代わりじゃなく、私を見て。私を愛して……

この思いを口に出せたら……

「なにを一人で百面相してるの？」

和範が私を横目で見て笑っている。そして和範の左手が再び私の右手に重なった。

驚いて和範の横顔を見つめると、和範が私に視線を合わせて微笑んだ。

「手を繋ぐだけで驚かないでくれる？　これからはたくさん光里ちゃんに触れるんだから」

和範の言葉に私は固まった。

そんな私の気配に気付きながらも和範は笑いながら話を続ける。

「だってせっかくイルミネーションを見に来たんだから、一緒に写真撮ってもらうでしょ？　密着するのは当たり前でしょう。それから散策する時だって、光里ちゃんの右手は僕がエスコートするから繋ぐし。それから……」

あ、そういう意味か。

一瞬、もっと深い意味を勘ぐってしまった私は顔一面が熱くなるのを感じた。

きっと私の顔は、完熟したリンゴ並みに赤くなっているだろう。

「でも、いずれ夫婦になるんだから、もっと深い部分だって触れるよ。光里ちゃんはいやかもしれないけれど……」

和範の声が、少しだけ震えているように感じたのは気のせいではない。

『深い部分だって触れるよ』

今度は、早合点ではないこの言葉が意味するのは、いずれ私を抱くという意味だろう。夫婦になるのだから、それは覚悟の上、むしろその時を待ち望んでしまうくらいだけれど、最後の言葉が引っ掛かる。

『光里ちゃんはいやかもしれないけれど……』

なぜ和範はそう思うの？


車は、ほどなく公園に到着した。

駐車場に車を停めると、入口から既にＬＥＤ電球の装飾が施されており、この寒い中でも、私たち以外にもイルミネーションを見に来ている人が何人かいた。

公園のゲートをくぐり、電飾が施されている園内を、和範にエスコートされながらゆっくりと散策する。

小雪が舞う中のイルミネーションは幻想的で、寒くなければ、いつまでもその世界に浸れそうだ。

メインの時計台の近くまでくると、そこは別世界のようだった。

光のシャワーが降り注ぐ、辺り一面が切り取られた一枚の写真のような、なんとも言い表せない魅惑的で幻想的な空間が広がっていた。

「わぁ……、綺麗……」

空から舞う雪が、その幻想的な雰囲気をより一層引き立てていた。

イルミネーションのライトに照らされる雪が、静寂な空間をより際立たせる。

私は、ライトアップされた景色をただただ見上げていた。

すると、私が濡れないように隣で傘をさしてくれていた和範がいつの間にか私の背後に回っていた。私の背中に和範の温もりが伝わってくる。

和範の左手は、背後から私を抱き締めている。

この数日間の和範の行動は、私の許容範囲を超えている。

恋人同士の行動と言われればそうなのかもしれないけれど、私たちの関係はそんな甘いものではない。だから、和範の行動の意味がわからない。

「光里ちゃんは、あったかいね」

突然耳元に響く和範の声に、私は固まって動けないでいる。

私の顔は、髪の毛で隠れているから見えないだろうけれど、きっとまた真っ赤になっているに違いない。

私は人の目が気になって辺りを見回してみたけれど、先ほどまでちらほら見えた他の見物客は、寒さのせいかいつの間にかいなくなっていた。

「大丈夫だよ、誰も見ていない。今、ここにいるのは僕たちだけ。いたとしても、傘で隠れて見えないから。だからお願い。もう少しだけ、このままでいさせて……」

先ほど同様に、和範の声が耳元で聞こえる。そして、やはり声は少し震えている。

きっとこれは、寒さが原因ではない。

では、なぜ？

答えは、灯里の話を聞けばわかるのだろうか。

しばらくして和範が抱擁を解いても、私は動けないでいた。

まだ背後に、和範の温もりを感じる。

傘のおかげで私は濡れないでいるけれど、もっと密着していないと、きっと和範が濡れてしまう。

「イルミネーションの前で、一緒に写真を撮ってもらおうと思ったのに、この寒さじゃさすがにもう人も来ないな」

和範はそう言って私に傘を握らせると、私から少し離れてスマホを構えた。

ピッと電子音がして、和範が私とイルミネーションを撮影しているのがわかった。

「やだ、写さないで！」

私は杖を突きながら和範のもとへ歩み寄るが、和範は撮影を止めようとしない。

両手が傘と杖で塞がっているので、せめてもの抵抗で、私は傘を前に倒して顔を隠した。

「光里ちゃん、顔を隠さないで」

和範は、困ったようにこちらへ声をかける。

相変わらずスマホを私に向けているのだろう。

「やだ。じゃあ撮影やめて」

「どうして？　せっかく綺麗なイルミネーションと一緒に、光里ちゃんを撮影したい」

「やだ。こんな私を、写真に残さないで！」

口にしてみて、思っていたより自分の語気が強かったことに驚いた。

和範も同じく驚いている。

私が写真撮影されることがあまり好きじゃないと話したことはなかったけれど、仮に話していたとしてもまさかここまで拒否反応を示すとは思わないだろう。

「光里ちゃん？」

傘で顔を隠しているから、私からも和範の表情は見えない。

私は、杖を持ったまま両手で傘を握りしめた。

「やだ。やめてよ……。こんな……、こんな杖なんて突いた、みっともない私を撮らないでよ……」

傘の中で顔を隠して、必死に込み上げてくる涙を我慢していると、声が震えてくる。

杖を突いた姿を写真に残されるのがいやだった。

この杖がある限り、和範は私に縛られてしまう。

障害があること自体ではなくて、そのせいで和範の人生を壊してしまったこと、そこからあの夏の日に私が犯してしまった罪のことをも思い出してしまうのが辛いのだ。

私にとってこの杖は、和範への罪の象徴だった。

俯(うつむ)く私の目線の先に、和範の靴が近付いてきた。

私は顔を見られたくなくて、無駄な抵抗かもしれないけれど、傘をもう少し斜め前に傾けて顔を隠す。

それでも和範は、ゆっくりと私のほうへ向かってくる。

私は、咄嗟(とっさ)に傘の持ち手を両手でぎゅっと握りしめた。

私たちの間には傘があるから、和範はそれ以上は近寄らない。

まるで今の私たちの関係そのもののようだ。

私たちの間にはいつもなにかしらの障害物があり、いつまでもお互いの距離が縮まらない。

だけど今日の灯里との話が終わったら、私たちの今後の関係もきっと変わるだろう。

私は、和範の足枷になっているはずだから、もう解放してあげなければいけないのかもしれない。

和範のことを大切に思うなら、そうすべきだろう。

でも……

怪我の後遺症の責任を取るという理由であっても、彼と婚約している今、十二年も前から惹かれていた和範のそばにいられるポジションを、今さら灯里に、いや、他の誰にも譲りたくない。

いつの間にか、私はこんなにも欲張りになってしまっていた。

愛されていなくてもいい。

ただ、私が和範のそばにいたい。それだけだ。

自分の気持ちを認めてしまえば、和範を思いやることなんてできやしない。

私はこんなにも愚かでワガママな人間だったんだ。

視界を遮る傘の向こうから見える和範の靴が、ますます近付いてきて、気が付くと私の手から傘の持ち手と杖が消えていた。

傘は和範の手によって閉じられ、杖も和範の手に握られて、私たちの距離が縮まる。

そして、いつの間にか私はまた和範の腕の中にいた。

今度は、正面から抱き締められている。

「光里ちゃん、怪我のことをそんな風に言わないで。僕はそんな風に思ってないんだから」

和範の謝罪の声が耳に直接響く。

「色々と、ごめん」

和範の声に、胸騒ぎがする。

やっぱり、灯里との話が終わったら、私たちの婚約は解消されるのだろうか。

そして和範は、灯里を選ぶのだろうか。

瞳に浮かんでいた涙が、一粒、頬に流れた。

雪は、相変わらず私たちの周りに降り注ぐ。

イルミネーションの電飾と雪灯りの中、私たちはしばらくの間動けないでいた。

あれからお互い会話をしないまま車に戻り、灯里の勤務するダイニングバーへと向かった。

和範は運転をするから、私と一緒にいる時は飲酒はしない。

というか、和範の二十歳の誕生日、あの夏の日に酔っていたのを見ただけで、再会してから、私は和範が飲酒している姿を見たことがない。

けれど……

私は一度帰宅したら、外に出ることなんてないから知らないだけであって、和範だって外へ飲みに出掛けることはあるだろう。

営業の仕事だし、職場や取引先の人との付き合いがあったっておかしくない。

ただ単に、私が知らないだけで。

私は体質的にアルコールはあまり受け付けないのか、飲むと気持ち悪くなるので口にしない。

少量なら血流もよくなるからと勧められることもあるものの、飲むとしても小さなグラスに一杯だけだ。

今日は灯里のお店だから、もし勧められても、断るつもりでいる。

大切な話は、アルコールを飲みながらなんてしたくない。

和範は、車で来ているのだから今日も飲まないだろう。藤本くんも明日が仕事なら、きっと飲まないはずだ。

車内の雰囲気はなんだか気まずくて、どうにか空気を変えようと必死になって話題を考えるものの、頭の中はさっきの出来事とこれから灯里と対峙することで埋め尽くされており、なにも言葉が浮かばない。

このままでは和範も私と一緒にいても楽しくないだろうというのは自覚している。

こんなうじうじとした性格、自分でもいやになる。

ずっとこんなままでは、和範だって愛想を尽かしてしまう。

でも、今さらどうすればいいの？　私も灯里みたいに、思ったことははっきり伝えたらいいの？

そんなこと私にできるだろうか。

でも、やろうとしなければ私自身が変われない。

変わりたいと思うならば、まずは自分から動かなければ。

和範や灯里、藤本くんだって学生時代から成長しているのに、私一人、あの頃と変わっていないなんてダメだ。

灯里のお店で話を聞いたあとで、和範は私と過ごす時間を作ってくれている。

その時に、私も自分の気持ちを伝えよう。

そんなことを考えていたら、いつの間にかダイニングバーの来客用駐車場に到着した。

灯里は個人契約で別の月極駐車場を借りているらしく、少し離れた場所に駐車している。

雑居ビルの二階にあるお店、ダイニングバー彩へは、階段で上っていく必要がある。

和範が先に上がり、私はその後ろをゆっくりとついていく。

手摺（てすり）が設置されているので、杖を右手に持ち替えて左手で手摺（てすり）を掴（つか）みながら、ゆっくりと。

和範が私の身体を支えようとして手を伸ばしたけれど、私はそれに気付かない振りをする。

臆病者の私には、さっき車の中でした決意を実行する勇気はまだない。素直に甘えるのは、こんなにも難しい。

だから私はリハビリで練習しているように、ゆっくりと階段を上っていった。

和範は先に階段を上がり、お店の入り口前で私を待っている。階段で二人並ぶと狭くて危ないし、なにより他のお客さんの通行の邪魔になるからだ。

ようやく二階に到着し、私は杖を左手に持ち替えた。

和範がお店のドアを開けると、店内からはジャズのしっとりとしたピアノの曲が耳に入る。灯里から聞く話によると店内の有線放送は、その日の気分でジャンルが変わるらしい。

今日も選択権を発動させているのは、オーナーの奥さんで、灯里の専門学校時代の友人でもある彩(さやか)さんだろう。

お店の名前も、彩さんの名前の文字を使っている。

店内はシンプルで落ち着いた雰囲気なので、背伸びしたい若者や落ち着いた中年世代の利用が多い。賑(にぎ)やかではないけれど、とても居心地のいいお店だ。

馬鹿騒ぎしたい若者は下の階の居酒屋に集まるので、こちらには流れてこない。

「いらっしゃいませ」

彩さんとオーナーが出迎えてくれる。

灯里は、奥のキッチンにいる。

「こんばんは」

私たちは二人に挨拶をすると、彩さんに案内されて一番奥にある個室に通された。

個室は少し大きめな円卓になっている。一人用の椅子が四つ配置されており、既に食事ができる状態に器が配膳されていた。

部屋の隅に、予備の座席と荷物置き場、壁にはコートが掛けられるようにフックとハンガーが備え付けられている。

余裕で六人くらいは利用できそうな部屋の広さだ。

ほどなく灯里が奥のキッチンから現れた。

「彩ちゃん、私は今日はこれで上がりだからね」

カウンターテーブルを拭いている彩さんに声を掛けて、灯里がこちらへ向かってくる。

円卓の中央にはチーズフォンデュがセットされており、灯里は手にバゲットを持っていた。

「お腹空いてるでしょう。もうそろそろ藤本くんも来ると思うし、先に少しだけでも食べない？」

灯里は、バゲットをテーブルの上に置き、再びキッチンへ向かった。

そうしてこちらへ戻ってきたその手が持つお盆の上には、パスタと烏龍茶がセットされている。

「チーズフォンデュは焦げちゃうから、藤本くんが来てからにしようね。こっち、先にいただきましょう?」

灯里はそう言って、取り皿にパスタを器用に取り分けると、それぞれの座席前に配膳した。

烏龍茶なのは、みんな車を運転することを想定してのことだろう。

私は運転をしないけれど、この分ではお酒を勧められることはなさそうだ。

「お店の料理って、基本的に味が濃いめだから、これは薄味にしてるんだけれど。もし物足りないようだったら、これをかけてね」

そう言って、灯里はパスタソースの入った器を取り出してテーブルの上に置いた。

「光里、あったかいお茶がよかったら持ってくるよ?」

身体が冷えているので、冷たい烏龍茶よりも温かいお茶のほうがありがたい。

そんな私の思いは灯里にはお見通しなのだろう。

私の表情を読み取ると、灯里はキッチンへと向かい、温かいお茶を淹れてきてくれた。

「ありがとう」

テーブルの上に置かれた湯呑みに両手を添えると、熱々ではなくほどよい温度でお茶を淹れてくれた灯里の優しさが沁み渡る。

灯里はこんなにも優しい子なのに、謝らなきゃいけない話とは、一体なんなのだろう。

これからはっきりとすることだろうけれど、真実を知るのが怖い。

温かいお茶を飲みながら、これから灯里が話す内容が、どんなことなのかが気になって、正直食事どころではなかった。

「さ、藤本くんが来るまでこれ食べて待とうよ」

灯里はそう言って、フォークを配る。

和範がそれを受け取り、私に渡してくれる。

私はフォークを受け取ると、パスタを取り分けた皿の横に添えた。

私と和範が奥側で並ぶように座っているので、灯里は私の左隣に座った。

藤本くんの席は、和範と灯里の間になる。

「さあ、召し上がれ」

灯里に促(うなが)されて、和範はパスタをフォークに巻き付けて口に運んだ。

「このくらいの味でちょうどいいと思うよ」

咀嚼(そしゃく)してパスタを呑み込み、口の中に食べ物がなくなった状態で、和範は灯里に感想を伝える。灯里はそれを聞くと、にっこり微笑んだ。

「若いうちはいいけれど、歳を重ねていくとね。やっぱり身体のどこかに無理が出てくるから、料理は味の濃いものばかりじゃなくて、薄味に慣れているほうがいいよ。特に、カズなんて接待多いんでしょう？　これから光里が作る料理の味がホッとするようにならなきゃ」

灯里の言葉が、いちいち私の心に引っかかる。どうして和範に接待が多いって知ってるの？　私はそんなこと、なにも聞かされていないのに。

それに私の味って、まだ手料理を振る舞ったことなんてない。

いつも和範が口にするのは、灯里の味なのに……

そんな私のことなんてお構いなしに、和範は灯里に返事をする。

「ホントそれだよ。年末の接待は地獄だったんだから。だからさ、昼に光里ちゃんが作ったご飯を食べに行くのが凄く楽しみだったんだ」

和範の言葉に驚愕した。

なにそれ。一体どういうこと？

私の反応に、灯里が種明かしを始める。

「光里、自分でお弁当を毎日作って持っていくじゃない？　で、おかずが余るからって私の分のお昼ご飯、いつも一緒に作ってくれてたでしょ。実はあれ、カズを家に呼んで食べてもらってたんだ」

私の知らないところで、灯里は和範と会っていたってこと？

その事実に私の表情が凍り付く。

それに気付いた灯里は、急いで言葉を繋ぐ。

「光里、勘違いしないで。私がここのランチタイムで家にいない時に、カズがうちに来てたの。私は賄いで昼食を済ませて、カズの相手をしてたのはお母さんだからね」

そして灯里の言葉を、和範が補足するかのように口を開く。

「光里ちゃん、黙っててごめん。僕がどうしても光里ちゃんの作ったご飯を食べたくて、灯里に無理言って、毎週火水の二日間だけお昼を食べに光里ちゃんの家に行ってたんだ」

和範の言葉に、灯里から料理の感想を聞かされるのは決まって金曜日しかないことを思い出す。

そうだ、いつだって灯里は私の作ったものに対して感想を伝えてくれるのに、私が婚約してからは金曜日だけしか感想を聞いていない。

私の公休日は、月曜日の休館日と木曜日。

基本的に平日に公休を充てて、土日祝日に冠婚葬祭などの予定が入る場合は、いつも有給休暇を取って出席するくらいだ。

土日祝日は、パートさんが休みたいだろうと思い、私たち司書はよっぽどのことがない限り出勤にしている。

よって土日祝日が休みの和範とは、なかなか生活サイクルが合わない。

だから私は和範のために手料理を作ってあげたことなんてない。

そのはずなのに、なぜ？

「昔から、ずっと灯里にお願いしてたんだ。光里ちゃんとの接点が欲しいって。高校時代は、僕が光里ちゃんを傷付けるんじゃないかってずっと灯里に警戒されてて、なかなか光里ちゃんと話をする機会すら持てなかったから」

和範の言葉に、私は耳を疑った。

高校時代からって、どういうこと？

『光里ちゃんとの接点が欲しい』……それは本当？

しかも、灯里に警戒されて話をする機会がなかったって……一体なにを言っているの？

私の思考が止まってしまい、和範の言っていることがうまく理解できない。

それどころか、和範の言葉を私が都合良く解釈してしまっているだけなのではないかと恐ろしくなってしまう。

「これは、私の光里に対する罪滅ぼしでもあるから。……ちょうど良かった。藤本くんも来たみたい」

灯里は席を立ち、お店に入ってきた藤本くんを個室へ迎え入れる。

遅れてきた藤本くんが私たちに挨拶をしてコートを脱いだので、私はそれを受け取ろうと手を伸ばす。けれど、和範に制された。

私の代わりに和範が藤本くんのコートを受け取って、壁のハンガーに掛ける。

「お疲れ様。とりあえず話より先に腹ごしらえしましょう。外は寒かったでしょう？」

灯里は手際よくチーズフォンデュの準備を始める。

「チーズが溶けるまで少し時間がかかるから、先にパスタとサラダをどうぞ」

灯里の言葉に、藤本くんもフォークを手にしてパスタを口に運ぶ。

仕事帰りだから、藤本くんもお腹が空いているのだろう。

見る間に藤本くんのお皿の上から綺麗にパスタがなくなった。

「ほら、光里も食べて。そんなに香辛料使ってないから刺激もないはずよ」

私は辛い味や濃い味が苦手なので、灯里はそれも考慮した味付けをしてくれているのだろう。

でもこのあと、灯里がなんの話をするのかが気になって、なかなか手が動かない。

正直言って、食欲すら湧いていなかった。

「光里ちゃん、顔色良くないけれど大丈夫？」

和範が私の顔を覗き込む。

灯里も和範の言葉に反応して私に視線を向けた。

「光里、とりあえず食べられる分だけでも食べて。大丈夫だから」

なにが大丈夫なのかはわからないけれど、これ以上みんなに心配をかけたくない。

私は、自分のお皿に盛られているパスタを少し減らしてもらい、口に運んだ。

私が減らした分のパスタは、和範のお皿の上に載せられた。

「お腹空いたら言ってね」

和範の言葉に、ぎこちないながらも笑顔を返す。

そんな私たちの様子を、私の正面に座る藤本くんが心配そうな表情で見つめている。

私は小さく頷いて大丈夫だと伝えると、藤本くんもそっと口角を上げて返事してくれた。

フォークに少量のパスタを巻きつけて口に運ぶと、自宅で灯里が料理を作ってくれた、小さい頃の思い出の味がした。

灯里が料理に目覚めたのはいつ頃だっただろう。

確か、小学校の低学年の頃だ。

その当時、母は給食センターに勤めていて学校が休みの日は仕事も休みだから、私が本の世界に夢中になっている間、母は灯里に料理を教えていたんだった。

二人仲良さそうにキッチンに並んで料理を作っている姿を不意に思い出した。

懐かしい過去に思いを馳せながら、ゆっくりと灯里の料理を味わう。すると、チーズが溶けてきたようで、灯里がチーズフォンデュを勧めてきた。

専用のフォークに、あらかじめ火が通って柔らかくなっている野菜を刺して、鍋に入れチーズを絡めると、溶けたチーズが滴(したた)り落ちる。

バゲットも軽く焼いてあり、香ばしいガーリックの風味がする。

これもチーズ鍋に浸して食べると美味しそうで、いつもなら食が進みそうだけれど、今の私にはそこまでの食欲はない。

そんな私に、無理やり食事を勧めはせず、自然に食べられるようにさりげなく灯里が取り分けてくれる。

「ブロッコリー新鮮だから食べてみて」

「ウインナーとチーズの塩気が絶妙だよね」

「ジャガイモがホクホクで美味しいね」

みんなが料理の話で盛り上がっている。

私は、勧められた食材を一口ずつ口にするだけで、既にお腹を満たしてしまっていた。いつもなら余裕で食べ切れる量ですら、今日は全然食べられない。

それだけ神経質になっているのだろう。

一通り食べ終わり、ドリンクのお代わりを持ってきた店員さんが空いた器を下げていく。

テーブルの上はあらかた片付いて、ドリンクとチーズフォンデュの鍋だけになった。

店内に流れるジャズピアノのＢＧＭが、沈黙した空気を和ませる。

カウンター席からオーナーたちの談笑が聞こえるが、内容まではわからない。それなら、こちらの会話も向こうへは聞こえないだろう。

灯里は、先ほど運ばれてきたジンジャーエールをグラスの半分飲み干してから、徐ろに口を開いた。

「多分、みんな色々と私に言いたいことや聞きたいことがあるでしょうね。一つずつ話すから。まずは藤本くんのことからになるね」

ここで灯里は、一度言葉を切った。

そして一つ、大きく息をすると覚悟を決めたように口を開いた。

「中学の時、私から藤本くんに告白したけれど……。ごめんなさい。私、はっきり言って、あの頃藤本くんに対して全く恋愛感情なんてなかった」

灯里の言葉に、私は再度驚いた。

まさか本人を目の前にして、そんなことを言うなんて思ってもみなかったからだ。

和範は、私たちと知り合う前の話だからか、口を挟まず静観している。

藤本くんは瞠目しているけれど、思い当たる節があるのだろう。

確かに、リハビリの時にも当時の灯里からは恋愛感情を感じなかったと言っていた。別れてから時間を経た今でもやはりその理由は気になるのか、もどかしげに、でも黙って灯里の言葉の続きを待っている。

「あの時、私は光里の気持ちに気付いてたけど……。藤本くんの気持ちが、光里じゃなくて私に向いてることを知っていたの」

藤本くんは手にしていたコーラを飲むと、グラスの中の氷が音を立てた。

「当時の俺は灯里への恋心をあからさまにしてたからな、よくみんなに揶揄(からか)われてたし。……だけど、どうして気のない灯里が嘘ついてまで、俺と無理して付き合おうと思ったんだ？」

グラスをテーブルの上に置いて、藤本くんは灯里をまっすぐに見つめている。

灯里は黙ったままだ。

そして再び、一つ深く息を吐いてから、灯里は口を開く。

「……光里に傷ついてほしくなかったから」

その言葉に、理解できないという表情を浮かべたのは、藤本くんだけではない。

和範も、納得いかない表情だ。

「光里は藤本くんのことを好きなんだって気付いたけど、藤本くんが好きなのは私だって知ってたから。このまま光里が藤本くんに告白したら、振られて傷ついちゃう。そんなのは嫌だって思って、先に私が告白することにしたの。でもその時、私は光里が自分の気持ちを、私に隠してるって気付いた」

「隠してる？」

「そう。光里はね、小さい頃に私と一つしかないぬいぐるみを取りあって、壊しちゃったことがあって……それがずっとトラウマになってるんだと思う。だから、私が好きなものを欲しがっちゃいけないって、自分が本当に欲しいものを、私に遠慮するようになってた。私が藤本くんに告白するって言った時の光里を見て、私はそのことにようやく気付いたの」

「それで、俺と付き合った、って？」

藤本くんの問いに、灯里は頷いた。

「私は、いつか光里が自分の気持ちを押し殺さずに、『私も好きなの』って言ってくれるんじゃないかって、ずっと待ってた。そうすれば……」

「そうすればなに？　どっちに転んでも、俺は結局は振られてた訳だよな？」

藤本くんは過去の出来事とは言え、感情的になりそうになるのを必死でこらえているのが伝わってくる。

「藤本くんには、ひどいことをしてしまったって、本当に申し訳なく思ってる。でも……、でも、私は、光里のことしか、考えてなくて……」

灯里の言葉に、藤本くんは閉口した。

そして、しばらくの沈黙のあと、ようやく藤本くんの口から出てきた言葉は……

「……要するに、灯里の一番は、光里なんだな」

藤本くんの問いに、灯里は頷いた。

「……そう。ずっと、私の一番は、光里なの。これからも、ずっとそう。光里が光里らしくいてくれることが、私の一番の幸せなの」

そう言った灯里の表情は、晴れ晴れとしていた。

でも、その直後に灯里は表情を歪ませる。一体なにがあったというのだろう。

「だから……、これから話すことは、それに矛盾してるから……。カズ、藤本くん、そして光里。私はあなたたちみんなに謝らなきゃいけない」

そう言って、灯里は頭を深く下げた。

再び沈黙が続いたけれど、やはり沈黙を破ったのは灯里だった。

「高校に入ってから、うちで初めてカズと光里が会った日のこと、覚えてる？」

私と和範はお互いが顔を見合わせた。

そんなの、もちろん覚えてる。

人見知りで泣いてしまった私を庇（かば）ってくれた和範。彼に惹かれたあの日のことだから……。

私は頷いた。

和範も、あの時のことを覚えているだろうか。

それともそんな些細な出来事なんて覚えていないだろうか。

そんな思いで和範を見つめると、しっかりと頷いていた。

「光里ちゃんと言葉を交わすきっかけになった日のことだから、忘れるはずはないよ」

私たちの肯定の頷きを見て、灯里は言葉を続けた。

「あの日、光里は否定したけれど、カズのこと、好きになっていたよね。そしてカズ、あなたも光里のことを好きだって言ったよね」

灯里の言葉に、私は言葉を失った。

『カズ、あなたも光里のことを好きだって言ったよね』……、それは本当？

和範は、私のことを想ってくれていたの……？

和範も、信じられないと言った表情で、私を見つめている。

「あの日、私は、カズのことが好きって言ったけど……。それがまた、光里の心を閉ざすきっかけになってしまったんだよね」

藤本くんが、そこで口を開いた。

「ちょっと待って、意味わかんないんだけど。なんでそこで『好き』なんて言ったんだ？　そんなことを言われたら、光里の性格を一番知ってる灯里、お前なら、光里がどうするかくらい、わかってるだろう？　わかっていて、敢えてそんなことを言ったとしたら、悪意しか感じないぞ」

藤本くんの言葉に、灯里は初めて感情を剥き出しにした。

「わかってる！　だけどっ……、どうしても光里の本音を引き出したかった。光里が本気でカズのことを想ってるなら、今度こそ、それを言葉にしてくれるんじゃないかって、私はっ……。カズもあれから光里との接点が欲しいって、素直に私に伝えてくれていたけど……。ごめんなさい。私、そこでまた嘘をついていたの」

そこまで言って、灯里は静かに涙を流した。

私がバッグの中からハンカチを差し出すと、灯里はそれを受け取り、涙を拭う。

灯里の言動を静観していた和範も、次に発する灯里の言葉を待っている。

灯里は一体、どんな嘘をついていたの？

「カズには……、光里はずっと藤本くんのことが忘れられないって嘘をついていたの。大学受験の時も、藤本くんと同じ大学に行きたいから県外に出るって。大学に進学してからの夏休みだって、光里はずっとバイトが忙しくて帰ってこないって。実際光里は長期の休みはバイト三昧だったけど、普通の土日には帰省していたこと、内緒にしてた。成人式の前撮りで光里がこっちに帰ってきてた日、二人は会ってたんだよね？」

突然、あの日のことを言及され、思わずビクッとする。私がなにも言えないでいると、灯里は話を続けた。

「あの夜、加代子から電話がかかってきて、はじめはなんのことかわからなかったけど、二人になにかがあったことだけはなんとなくわかった。それで次の日の朝、カズがうちに来て光里の連絡先を聞いたけど、私、教えなかったよね。光里は知らない番号から電話がかかってきても電話に出ないから、成人式の時にでも本人に直接聞いてって。本当なら私がカズに光里の連絡先を教えて光里にメールでカズの連絡先を送ることもできたのに、敢えてそれをしなかった。でも結局、光里は成人式の時に帰ってこなくて……。事故で二人が再会した時、まさか入院先の病院で藤本くんが働いてるなんて思いもよらなかった。だから、カズが光里に献身的になって送迎したり、身の回りの世話を買って出たりしている姿を見てると、辛かった。早くあれは嘘だったんだよ、光里はずっとカズのことを想ってるんだよって、伝えなきゃって……」

私は、咄嗟に灯里の頬を平手で叩いていた。

その衝撃で、テーブルの上のグラスが落ちて、派手な音を立てて割れる。お店の人が様子を窺いに個室を覗きに来たのを、灯里が制した。

灯里の話は、私の想像を超えるものだった。

どうしてそこまで嘘をつくの?

そんなに私、灯里を追いつめていたの?

私が我慢すればそれでいいって思っていたのが、そんなに駄目なことだったの?

私に打たれた頬に手をあてながら、灯里は慎重に言葉を紡いでいく。

「光里にも、高校一年のクリスマスの日、カズと付き合うことになったって嘘をついたのは、カズが光里にプレゼントを渡したのを知ってたから。今度こそ光里は自信を持ってカズのことを好きって言ってくれるんじゃないかと思って……だからあの時に少しでも追及してくれていたら、嘘だよって、すぐに否定するつもりだった。でも……。光里は『おめでとう』って……。どうして欲しいものを欲しいって素直に言ってくれないの？　私、ずっと待ってた。光里が私に本音を曝け出してくれることを、ずっと待ってた」

灯里の言葉に、私は一言も発することができないでいた。

本音なんて、ワガママなんて言える訳ない。

小さい頃、ぬいぐるみを壊した時に、灯里のあんな悲しそうな顔を見て、私は決めたの。

灯里の欲しいものは欲しがらないって。

二つあって替えの利くものならまだしも、和範や藤本くんは一人しかいない。

私が我慢すれば丸く収まるならそれでいいって。

だから誰も傷付けることのない本の世界を見付けたのに。

なのに、どうして？

「光里、昔は今みたいじゃなかったよね。ぬいぐるみのことがあってから小さい頃の天真爛漫な性格が一変して、不器用で、人見知りで、人付き合いが苦手になってしまった光里が、私はいつだって心配で……。私はね、生まれた時から光里の『お姉ちゃん』なの。双子だから同い年だし、私は全然お姉ちゃんっぽくないけれど、それでも私にとって光里は誰よりも大切な『妹』なの。だから、いつだって頼って欲しかった。遠慮なんてしないでなんでも言って欲しかった。いつだって、喧嘩して本音でぶつかってきて欲しかった。ワガママもいっぱい言って甘えて欲しかった」

灯里の言葉に、私は涙が溢れてきた。

灯里も頬を伝う涙をハンカチで拭いながら言葉を続ける。

「我慢しなくていいんだよ。甘えていいんだよ。欲しいものは欲しいって言っていいんだよ。ワガママいっぱい言っていいんだよ。いい子でいる必要なんてないんだよ。私がこんなだから、光里のほうがお姉ちゃんに見られることも多かったよね。光里は聞き分けが良すぎるから、いつも心配だった。言いたいことを我慢して、私たちに心を閉ざして本の世界に没頭して、いつか爆発するんじゃないかって。いつかストレスを溜め込み過ぎて体調を崩すんじゃないかって。私は光里と喧嘩したかった。あの一件から、光里は自分の殻に閉じこもって意思を示してくれなくなって……。なんでも私を優先させて、本当に欲しいものを選ばなくなっていったから。どんな些細なことでもいい。光里、私はあなたと言いたいことを言い合って、あなたに本音を曝(さら)け出して欲しかった。それが結果として光里を傷付けてしまうとわかっていても……」

灯里の言葉に、私の涙腺は崩壊した。

私だけじゃなかった。

灯里だって苦しんでいたんだ。

お互いがお互いを思いやった結果、言葉が足りないから、こんなにもすれ違ってしまっていたんだ。

そう思うと、涙が溢れて止まらない。

先ほど灯里にハンカチを渡してしまった私に、和範がハンカチを差し出してくれた。

ありがたくそれを借り涙を拭うけれど、涙は溢れ出る一方で、なかなか止まらない。

「ずっと、カズとのことは私の吐いた嘘で、本当は付き合ってないって伝えたかった。光里が大学に進学してからも、就職してこっちに帰ってきてからも。でも、なかなか言い出す機会がなくて、あの事故でカズと藤本くんに再会してから、ずっと……。『あの時のことは嘘だから、カズは光里のことを今でもずっと想ってる』って伝えなきゃって。でも……、カズが光里にプロポーズするって言いに来た時、私は……。カズのプロポーズを光里が受け入れるなら、もうあの嘘は時効だと思って私は逃げたの。光里も、ずっと片思いしていたカズからのプロポーズなら、きっと受け入れると思って、あの日以降、私は……。光里、本当にごめんなさい」

灯里の謝罪が終わると、藤本くんは苦虫を噛み潰したような表情を見せるものの、私たちに声を掛けてくれた。

「光里、きちんと滝沢さんと話をしろよ。黙ってちゃなに一つ伝わらないし、多分滝沢さんも光里の口から色々と聞きたいこともあると思うよ。滝沢さん、光里の話をきちんと聞いてやってください。元々が言葉足らずだろうから、きっと誤解もあると思うので。そして滝沢さんも、きちんと光里にわかるように気持ちを伝えてやってください」

藤本くんの声が優しく響き、泣きじゃくる私の頭にポンと手で触れた和範が返事をする。

「はい、これから二人でゆっくり話し合います。……光里ちゃん、落ち着いたらお店から出ようか。灯里、今日は光里ちゃんと過ごすから、お義母(かあ)さんに伝えといてくれる？」

和範の発言に灯里は泣き笑いしながら頷く。

「了解、お母さんも心配してたんだよ。カズ、ずっと光里に嫌われるのが怖くて手を出すの我慢してたんだから。お母さんも二人のことだからって下手に口出しができなくてヤキモキしてたんだよ。これで心配が解消されるね」

灯里は涙を拭うと、私たちにちょっと待っててと言って個室から出ていった。

そして戻ってきた時に、灯里の手には小さなボストンバッグが握られていた。

「これ、光里のお泊まりセット。お母さんから預かったの。今日だけじゃきっと語り尽くせないだろうけど、ゆっくりして来なさいって。カズ……、光里のこと、お願いね」

灯里はボストンバッグを和範に手渡した。

私は頭の中が真っ白になった。

私からはお泊まりのことをお母さんに連絡していないのに、なぜ？

というか、これは一体どういうことなの？

「光里、今までごめんね。お母さんにも先に全て話をした上でのことだから、朝帰りとかお泊まりとか、人の目なんて心配しなくていいよ。カズは正真正銘、光里の婚約者なんだし、正々堂々とお泊まりしておいで」

灯里はそう言うと私に抱き着いた。

いつものように私の全てを包み込むような安心感があり、私の涙は相変わらず止まらない。

「光里ちゃん、明日は仕事？」

灯里の抱擁が解け、今度は和範が私の顔を覗き込む。

私は明日のスケジュールを思い出す。

「……明日は昼から」

涙混じりの鼻声で返事をすると、和範は優しい声で私に囁いた。

「じゃあ、今晩はゆっくり話そう。光里ちゃんにたくさん伝えたい気持ちがある」

そう言うと、和範は席を立ち、荷物をまとめ始めた。

そしてポケットから財布を取り出そうとする和範を灯里は制した。

「ここの支払いは今日はいい。光里を傷付けて、みんなに嘘をついていたお詫びだから。これくらいじゃ全然足りないと思うけれど……。早く光里を連れて帰ってあげて。光里、きちんと思ってることを、口に出してカズにぶつけるのよ？　懐の深いヤツだから、光里のこと、ちゃんと受け止めてくれるからね」

灯里はそう言って私の荷物を取り、コートを私に差し出した。

私がコートを着用したのを確認すると、バッグと杖をそれぞれ手渡された。

「灯里、お前もそろそろ妹離れしなきゃな」

藤本くんの揶揄（からか）う声に、灯里も淋しそうに笑いながら答えている。

「そうだね。私も『光里のため』って言いながらも、結局は、私の独占欲を満たしていただけだもんね……。ほらっ、もう行って。仲良くやりなさいよ」

私たちは灯里に背中を押されて、藤本くんと灯里に見送られながら、『彩』を後にした。

階段を下りた私は、和範に手を引かれながら、ゆっくりと駐車場へ向かった。

まだ会話はない。

早くお互いの気持ちを確かめ合いたいけれど、今のこの、ジレジレとした沈黙がもどかしくもあり、愛おしくもある。

いつものように、和範が私の荷物を後部座席に置いてから私を助手席に座らせる。そして和範が運転席に乗り込むと、車は静かに動き始めた。

第六章　真実の愛

車が走り出し、お店に向かう前に立ち寄った公園を通過した頃、和範が口を開いた。

「なにも考えずに車を走らせちゃったけれど、光里ちゃん、行きたいところある？」

和範の問いに、私はしばらく考えこんでしまう。

先ほど行きたかったイルミネーションは見たし、二十一時を過ぎた今の時間はもうどこも閉まっているだろう。

「……ごめんなさい、思い付かない」

正直な気持ちを口にする。

「うん、実は僕も。でも、ゆっくり話がしたいから、今日はうちに泊まってくれるかな？」

和範の発言に瞠目（どうもく）した。

こんなに泣き腫らした顔で、和範の実家へはさすがに行けない。

それに和範だってご両親が在宅されているのだから、いくら婚約者とはいえさすがに気まずいのではないだろうか。

「今日は、前に住んでた家のほうへ行こうと思う」

和範はそう言って、進行方向沿いにあるコンビニへと向かった。

和範の実家は元々隣町にあり、現在住んでいる家は和範が高校生になる前にご両親が購入したものだ。つまり、今から向かうのは和範のお父さんの実家だ。

今は、お祖父さんが施設に入所して誰も住んでいないけれど、時々風通し程度の手入れで和範が管理しているのだという。

そこに泊まるって……

「電気水道、必要最低限のライフラインは通ってるよ。冷暖房も完備してるし、家具だって一通りは置いてあるから、そこに住もうと思えば、すぐにでも住める。元々平屋だから、はじめはそこをリフォームして新居にしようかと思ったんだけど……。光里ちゃんの通勤や、お互いの実家に帰る時にちょっと距離があると思ってやめたんだ」

これから向かう家の説明を一通り聞いたところで、車はコンビニに到着した。

駐車場に車を停めると、和範は明日の朝食を買いに行くと言って車を降りた。

車内に一人になり、今の和範の言葉を頭の中で反芻する。

どうして和範は、私に一言も相談することなく決めてしまうのだろう。間取りのことなどは、確かに私を優先してくれているけれど、新居を建てること自体も、それをどこにするのかも、肝心なことは和範が決めてしまう。まるで私に選択肢を与えまいとするみたいに。

その辺も、一度きちんと腹を割って話し合わなきゃ。

しばらくして和範が車に戻ってきた。

半透明のコンビニの袋には、明日の朝食用にしては結構な量の菓子パンやサンドウィッチ、おにぎりが入っている。

和範は買い物袋を後部座席に置いて運転席に戻ると、唐突に私に冷たいペットボトルのお茶を手渡した。

「向こうの家は、食材がなにもないんだ。本当だったら光里ちゃんの手料理が食べたいところだけど、それはまた今度改めてお願いするね。また今度時間がある時に一緒に買い物に行こう。それはそうと……、光里ちゃん、さっきほとんど食べてなかったし、なんでもいいから少しでも口にして欲しくて多めに買ってきたから、お腹すいたら摘まんでいいよ。それよりも、瞼、冷やさなくて大丈夫？　明日の朝腫れてたら大変じゃない？」

和範の気遣いに感謝しつつも、さすがに今は食欲がない。申し訳ないけれど、明日の朝食べきれなかったら、昼食として頂くことにしよう。

瞼のことも気にして、冷たいお茶をわざわざ買ってきてくれたのだろうか。これは今、瞼を冷やすのに使っていいのだろうか。恐る恐る聞いてみた。

「ありがとう。せっかく色々買ってきてくれたのに、今は胸がいっぱいでなにも食べられそうにないの。ごめんね。でも到着するまでの間、お茶で瞼、冷やしててもいい？」

「うん、そのつもりで買ってきたんだ。リクライニングも倒したほうが冷やしやすいんじゃないかな？」

和範は当たり前のように返事をする。

外は、さっきより吹雪いてきた。

夜で視界が悪くなるし、運転は大丈夫だろうか。

「少し横になってるといいよ。ゆっくり車を運転するから心配しないで」

そう言うと、和範は身を乗り出して私の座席のシートレバーを引いて軽く倒した。

なんだか組み敷かれているみたいで一瞬ドキッとしたけれど、きっと和範は気付いていないだろう。

恥ずかしくて、すぐにペットボトルを瞼の上に載せて視界を塞ぎ、瞼を冷やす。

和範は宣言通りゆっくりと車を運転し始め、途中何度か信号に引っ掛かり停止するものの、三十分くらいで無事に到着した。

「着いたよ。家の中、暖房入れてくるからもう少しだけ待ってて」

和範はそう言って、先に車から降りると、家の中に入っていった。

私は車から降りるギリギリまで瞼を冷やすことにした。

色々とお互いの話をしたり聞いたりすると、感極まってまた泣いてしまうから、もしかしたら冷やしても意味がないかもしれないけれど……

車の中は空調も効いているけれど、私の脚の痛みが少しでも緩和するようにとフリースのひざ掛けがいつも助手席に置いてある。そのひざ掛けはシンプルなデザインで、和範はいつも私好みのものを自然に用意してくれる。

日頃恥ずかしくてなかなか言えなかったけれど、和範の細やかな気遣いに感謝の言葉を素直に伝えたい。

今日なら、きっと言える。

そんなことを考えていると、和範が戻ってきた。

運転席のドアが開き、和範が運転席に座って車のエンジンを切った。

「光里ちゃん、お待たせ。部屋の中暖房点けたから一緒に行こう」

和範はそう言って、私のシートベルトを外し、リクライニングを元の位置に戻す。

私はペットボトルを瞼(まぶた)の上から外して目を開けると、和範の顔が目の前にあった。

いつもの穏やかな表情はそのままに、でも、瞳には熱が灯っている。

私は勇気を出して、お礼を告げた。

「これ、ありがとう。それもだけど、私の脚に負担がかからないようにいつもすごく気遣ってくれて……。今までなかなかお礼が言えなくて、ごめんなさい」

私の言葉を聞いた和範は、ますます私の顔に近づいてきて……

気付けば私たちはキスをしていた。

軽く唇が触れるくらいのものから、段々と唇の密着度が増して、まるで和範に唇を食(は)まれているみたいだ。

いつもは唇が触れる程度のキスばかりだったので、こんなに深く情熱的なキスは七年前のあの日以来のことだった。

和範は、あの日のことを覚えているだろうか。

それとも、あの時はかなりお酒の酔いが回っていたし、あれは幻だったと思っているだろうか。

だけど、和範が好きなのは灯里ではなく私だとすると――

ようやく唇が離れると、和範は私を抱き締めて、耳元で囁(ささや)いた。

「ここは寒いし、家の中でゆっくり話をしよう」

和範は車から降りて助手席側に回ってくると、ドアを開けて私の介助をする。

和範にいつものようにエスコートされて車から降り、右手を和範に預けて左手で杖を突きながら駐車場を歩く。

この家は昔ながらの平屋で、それこそ長寿アニメ番組のような縁側もあるという、趣(おもむき)のある家だった。

今は雨戸が閉まっているけれど、場所的にも日中の陽当たりは良さそうだ。

「玉砂利(たまじゃり)が敷かれてるから足元が悪いけれど、僕に掴(つか)まってくれていいから」

和範がそう言って、私の歩調に合わせてくれる。

確かに玉砂利に足を取られ、杖も突きにくい。

それに気付いた和範は、杖を取り、私の左側に回り込むと、私の左腕を自分の右腕に絡みつかせるように腕を取った。

「僕が杖の代わりになるよ。こっちのほうが歩きやすいでしょう?」

確かに脚が動かない側を支えてもらうので歩きやすい。

頷いて、私たちはゆっくりと玉砂利を踏みしめる。

玄関も今時の洋風の家では見かけない日本家屋独特の引き戸で、歴史を感じる。

「古い家でごめんね」

和範はそう言うけれど、それでも時折和範が風通しに訪れているからか、そこまで老朽化が進んでいるようには見えない。

過去にリフォームをして、手を入れられているのが窺える。

まるで、今流行りの古民家のようだ。

「寒いから、こっちにおいで」

和範に案内されたのは、六畳の和室だった。

掘り炬燵になっているから脚に負担がかからないと言われ、素直に炬燵の中に脚を入れた。

部屋というよりも、家全体が冷え込んでおり、和範はファンヒーターの温かい風が当たるように私のほうへ向けてくれた。

掘り炬燵の中も大分暖まっており、脚を悪くしてから炬燵の中に入ることなんてほとんどなかった私は、嬉しくて思わず笑みがこぼれた。

そんな私を見て、和範も微笑んでいる。

お茶を淹れてくると言って和範が部屋を出ると、私は炬燵の中で暖を取りながら、室内を改めて観察した。

部屋を照らす電球は、近年ではあまり見かけないタイプの昔ながらのランプシェードで、蛍光灯も丸い輪っかタイプのものだ。

リモコン操作ではなく照明を点灯させる紐が、そこからぶら下がっている。

壁も、さすがに土壁ではないだろうけれど、きっと触るとザラザラする昔のものだろう。襖も歴史を感じさせるいい味わいのものだ。普段では見ることのない趣のある家はまるでタイムスリップしたみたいで、私はさっきからワクワクする気持ちを抑えることができないでいる。

私が物珍しげにキョロキョロしているのが可笑しいのか、急須と湯呑みをお盆に載せて持ってきた和範は私の右斜め前に座り、こちらを見て微笑んだ。

この掘り炬燵は穴の部分が半畳分の大きさで、炬燵を使わない季節は机を取り外して畳を敷き、普通に和室として使えるのだそうだ。

そんな先人の知恵に私は感嘆の声を上げる。

和範にお茶を淹れてもらい、私はお礼を言って湯呑みに手を伸ばした。

温かいお茶に掘り炬燵、純和風な部屋というこのシチュエーションに、自分は生粋の日本人であることを改めて実感する。

熱々の湯呑みに口をつけて、火傷しないように細心の注意を払いながらお茶を飲む。

口の中に玄米茶の香ばしい味が広がり、ようやく一息ついたところで和範が口を開いた。

「光里ちゃん、僕たちはどうやら灯里に翻弄されてお互い色々と誤解があるみたいだね。一つずつ、答え合わせをしていこう」

和範の言葉に、私は頷いた。

本当にそう、全ての発端は灯里の発言からだった。

私が灯里の言葉をなに一つ疑うことなく鵜呑みにしていたせいで、和範に対して素直になれなくなっていた。

自分にも非があることを自覚した私は、湯呑みを炬燵の上に置き、和範を見つめた。

和範も、私を優しく見つめている。

いつだってそうだった。和範の私を見つめる眼差しはとても優しく、誰よりも安心できるものだった。どうして私はこの眼差しを直視せずに、灯里の言葉をそのまま信じて、和範の気持ちを確認しなかったのだろう。

「僕はね、高校一年のあの日、光里ちゃんの家で初めて会って会話をした時に、いや、その以前から既に光里ちゃんのことが好きだったんだよ」

……嘘だ。そんな。

私は信じられない思いで和範を見つめた。

和範は頬を赤らめながら言葉を続ける。

「僕が初めて光里ちゃんに会ったのは、やっぱりあの図書館でね。中学を卒業してすぐにこの家から今の家に引っ越して、町探索で図書館に行った時、偶然光里ちゃんを見かけたんだ。あの頃も、光里ちゃんは本を読み始めたら凄い集中力で周りのことなんて全然目に入ってなくて、この子凄いなって思った。あの時はすごく集中して読書している姿だったんだけど、本を読み終えたあとに光里ちゃんが無意識に笑顔を見せてね、あの、素の笑顔を見た時に、僕はその笑顔に一目惚れしたんだ。きっとすごく本が好きなんだな、そんなに好きなものがあるなんて、素敵だな、って……それから入学式の時に灯里を見て、髪型は違ったけどあまりにも顔が光里ちゃんにそっくりだからびっくりして、周りに色々と探りを入れて光里ちゃんのことを知ったんだ。灯里と同じクラスだったことに感謝したよ。これでなんとか光里ちゃんと知り合いになれるきっかけができると思って。

幸いにも灯里は人見知りしない性格だったからすぐに打ち解けることができた。で、初めて話をしたあの日、光里ちゃんはこっそり家を抜け出して図書館に行ったよね。僕はチャンスだと思った。誰にも邪魔されることなく光里ちゃんとゆっくり話ができるって、仲良くなれるって」

和範は懐かしそうに目を細めながら、言葉を続ける。

「でもさ、いざ図書館で光里ちゃんを見つけて隣に座っても、案の定、あの時と同じで凄い集中力で本を読んでたから全然僕に気付いてくれなくて。そこまで本の世界に入り込めるなんてすごいなって、僕はただただ圧倒されて」

確かにそうだ。

私は一旦本を読み始めると、ある程度の区切りが付かないと、なかなか本の世界から抜け出せずにいる。

こんなだからもし仮に読書中、大雨が降ったり雷が鳴っていたり最悪火事が起こったりしたとしても、きっとギリギリまで気付かないだろう。

母や灯里には呆れられるような癖だが、それをこんな風に言ってくれるなんて。

「だからさ、話ができた時、滅茶苦茶嬉しくって。光里ちゃんともっと仲良くなりたいって思った。光里ちゃんのペースで構わない。ゆっくりと、光里ちゃんの心の中に、僕の居場所ができればいいなって、少しでも僕のことを意識してくれたらいいなって……。

だから、後日灯里に言ったんだ。『光里ちゃんのことが好きだから、仲を取り持って欲しい』って」

突然の発言に、私は瞠目する。

和範は、左手を伸ばして私の右手にそっと触れた。

「でも……、灯里から返ってきた言葉は……。『中学の頃好きだった子が忘れられないみたいだよ』って。光里ちゃんの気持ちを大事にしたいから、仲を取り持つことはできないって。そう言われて断られた。それならそれで、光里ちゃんに僕のことを好きになってもらう努力をするだけだって、とりあえずなにからアピールすればいいかわからないから、がむしゃらに部活頑張ったよ」

和範の言葉に、頷く私。

口を挟まずに、今はひたすら聞き役に回る。

「三年になって進路で悩んだ時に、図書室で光里ちゃんに相談した時のこと覚えてる？」

そんなの、もちろん覚えている。

私は再び頷くと、和範はホッとした表情を見せて、言葉を続ける。

「あれもね、実は将来的に光里ちゃんより学歴が低くて嫌われたりしたらどうしようって悩んでたんだ。それに光里ちゃんは目標があって進学するのに、あの頃の僕は本当になんの目標もなくて……。やりたいことすら見つからなくて。進学先、僕は上手い具合に推薦で地元に決まったけれど、光里ちゃんはどこの大学に進学するかも一つの賭けだった。光里ちゃんの家は双子だから、きっと光里ちゃんは学費や生活費が極力かからない地元を狙うと思って、地元に推薦受かるように、検定も試験も頑張った。でも、いざ蓋を開けてみれば、光里ちゃんは隣県の大学に進学して。しかも、灯里から片思いの彼と同じ大学に行きたいからって聞かされて……」

和範から聞かされることに、私はなにも言葉が出ない。

灯里は灯里で、きっと嘘を重ねていくことに良心の呵責を感じていただろう。

和範が重ねてくれた手に、私は左手を重ねて包み込む。

「私は藤本くんから、藤本くんは関西の大学に進学したって聞いたよ」

私たちはリハビリの時の雑談で、中学卒業後のことを話していた。

和範は私の重ねた手をそっと外して、私の隣に座り直したので、私は左側にずれて少し窮屈だけど並んで座った。

私の右側が、和範の体温で新たな熱を感じている。

「うん、僕もそれをあとから知った。あの頃の僕は灯里にまんまと騙されてた」

和範がクスクス笑うから、私も釣られて笑う。

和範の左手が私の左肩を抱くから、私の身体は和範のほうへ傾き、身を預けた。

「大学に入っても、光里ちゃんは全然帰省しないって聞かされて……。普段の土日に帰ってたんだって?」

和範の声が、耳に直接響き渡る。身体が和範に密着しているせいだろう。

「うん、長期休暇はバイトして、奨学金返済のために貯めておこうと思ってたから。それに、普段の土日の帰省のほうが、混雑もしないからね。でも進学した最初の年は、灯里のほうが運転免許が取れたのが嬉しいって、わざわざ遠征して私に会いに来たんだよ。そのうち実習が忙しくなったから来なくなったけれど……」

私はそう言って、肌に伝わる和範の温もりを感じていた。

「成人式の前撮りの写真、あれを撮ったのは、大学二年の年の七月三十日?」

成人式はインフルエンザに感染して帰省しなかったということにしていたので、婚約してすぐの頃に前撮りの写真が見たいと言われて見せたことがある。

写真館で撮影したプロの写真と一緒に、灯里が撮影したオフショットのスナップ写真も見せたことを思い出した。

その時は、あの日の夜のことを思い出してなかなか寝付けなかった。

そうだ、あの日は和範の誕生日だった。

和範の言葉に、私の身体がビクッと反応した。

それに気付かない訳はなく、和範は右手をズボンのポケットに入れ、なにかを取り出した。

　それは……

「……っ！　それっ……!!」

　忘れもしない。

　私があの日、和範の部屋に落としていったイヤフォンジャックカバーだった。

「やっぱりあれは、光里ちゃんだったんだね。……夢じゃなかったんだ」

　イヤフォンジャックカバーを炬燵の上に置くと、和範は私の身体を自分のほうへと向けさせる。和範も私のほうを向いて、お互いが向き合った。

「あの時は僕もかなり酒を飲んで酔っ払っていたし、起きたら光里ちゃんはいなかったから、夢かと思ったけれど……。部屋の掃除をしていたら、これが出てきたんだ。あの日、僕は間違いなく光里ちゃんと結ばれていたんだよね……？」

　和範は、不安げな表情で私を見る。

　多分、このタイミングを逃したら、もう二度と本当のことは言えないだろう。

　私は、意を決して頷いた。

　それを見た和範は、すかさず私を抱き締めた。

「ずっと……ずっと好きだったんだよ。光里ちゃんが欲しくてたまらなかった。翌朝目覚めた時には隣に居なかったから夢だと思ってたけれど、これを見つけてからずっと……、ずっと、気持ちを伝えたくて。あのあと、灯里に連絡先を聞いたら本人に直接聞いてって言われたけど、成人式にも光里ちゃんは帰ってこなかったから、僕は嫌われているんだと思ってて……。他に光里ちゃんの連絡先を知ってる人なんて僕は知らないから、連絡すら取れなかった。だから事故で再会した時は、これを機になにがなんでも光里ちゃんを手に入れたいって思った。怪我を口実に言い寄るなんて卑怯な真似だと思ったけど、光里ちゃん、僕は君のことがずっと好きだったから。光里ちゃんが僕のものになるのなら、ずっとそばにいることができるのなら、光里ちゃんに好きな人がいようが、そんなの関係ない。プロポーズを断られても、何度も食い下がって、本当に必死だったんだ」

まさかの告白に、私の涙腺はずっと緩みっぱなしだ。いつになれば涙は止まるのだろう。

明日、瞼が腫れぼったくなったら間違いなく和範のせいだ。

先ほど車の中で瞼を冷やしていたのなんて、まるで意味がないだろう。

「……じゃあ、ど……っ……して、いっ……、今まっ……、『好き』っ……て、いっ……っく……、……ったの？」

泣きじゃくって上手く言葉にならないけれど、「じゃあどうして今まで『好き』って言ってくれなかったの？」と言いたかったのを理解してくれたのだろう。

和範は、タオルを私に差し出した。

「ずっと言いたかったよ。でも、光里ちゃんは藤本のことを好きなんだって、灯里からずっと聞かされていたから、情けないけど、振られるのが怖くて言えなかった」

なんだ、そうだったんだ……

真実が明らかになると、私は和範に抱き着いた。

「……わたっ……っ、……たしも、……和範が、すき……っ」

精一杯の私の告白、伝わっただろうか。

泣きじゃくって上手く言葉にならないけれど、一生懸命、言葉にした。

その瞬間、和範との距離が一気にゼロになった。

「ほんとに？　嘘じゃなくて……？」

和範の震える声に、私は頷く。和範の鼓動が直に伝わる。途端に心拍がそれまで以上に速くなっているのが私にもわかった。

涙でぐちゃぐちゃになった顔を改めてタオルで軽く拭うと、目の前には和範の熱を帯びた表情があった。

私は和範の胸に再度しがみつくと、和範も私を改めて抱き締めてくれた。

お互いの鼓動が早鐘を打つ。下手したら心臓が壊れてしまうんじゃないかと思うくらいの勢いだ。

ようやく涙もおさまり、私は深呼吸をすると口を開いた。

「……私ね、和範と初めて会った日に、灯里に言われたの。『カズのことが好きなの』って。……灯里の大切なぬいぐるみを壊しちゃってから、灯里の欲しがるものを欲しがっちゃダメだってずっと思ってた。そうすれば、揉めごとだって起こらないから。藤本くんの時だってそうだった。小さい頃の、あの時の灯里の泣き顔がずっと忘れられなかったから、これ以上灯里を傷付けて泣かせたくなかった。だから……、灯里の好きな人は、好きになっちゃいけないって思って、あきらめる努力してたの」

私の言葉を、和範はただ静かに聞いてくれる。

「……でも、接点が増えるたびに、私の心は和範のことでいっぱいになるから、好きの気持ちが溢れ出して止まらなくなるから。その都度灯里に悟られないように必死だった。大学を隣県の国立に志願したのだってそう。灯里は、『カズと同じ大学なら家から通えるのに』って最後まで食い下がっていたけれど……。そんなことをしたら、表面上喜んでいても、灯里はきっと内心ではいやがると思って、一度、全てをリセットしたくて県外に出たの。就職でこっちに帰ってからも、できるだけ同級生との接点を避けるために、家と図書館との往復だった」

私の言葉に、信じられないといった表情を浮かべている。

「……あの事故で再会した時に、七年前の、あの夏の日のことを言われたらなんて答えたらいいのかわからなくて、毎日が針の筵(むしろ)だった。プロポーズしてくれた時、本当は凄く嬉しかった。でも……、灯里の好きな人を奪ってしまうって罪悪感もあって。第一に、和範は、ずっと灯里のことが好きなんだって思っていたから、どうしても素直になれなかった」

そこまで言ったところで、和範は私の肩に手をかけて、私の顔を覗き込んだ。

「……どうして僕が、灯里のことが好きだって思ったの？」

和範の口調が、なんだか不安げだ。

まだまだ私たちは、思っていることを口にすることが必要だ。

「……その、……呼び方。灯里は呼び捨てでしょう？　私はいつまで経っても『光里ちゃん』って、ちゃん付けだから……」

恥ずかしくて思わず俯いたけれど、今、私の顔はきっと真っ赤になっている。

耳まで熱い。

そんな私の顔を和範は両手で頬を包み込んで上に向けると、泣きそうな、くしゃくしゃな表情で私を見つめている。

「……そんなことで、不安にさせていたんだね。気付かなくてごめんね、光里。……ずっと、光里って、呼び捨てにしたかった。僕だけのものなんだって、思いたかった」

そう言って、私の顔に、その端整な顔を近づけてきたと思ったら、唇に情熱的なキスが降ってきた。

「光里、ずっと好きだったんだよ」

キスの合間に耳元で囁かれる言葉に、私は歓喜の涙で応えた。

「……かわいい。僕だけの光里。ずっと好きだって言いたかった。光里って呼びたかった。だから、光里がいないところでは、ずっと光里って呼んでたんだ」

……だから？

あの日、寝言で言っていた言葉。

『……り、……か、り』

もしかしてあれは、灯里ではなくて私を呼んでくれていたの？　自惚れてもいいの？

「事故で再会してから、光里に会う口実を必死に探してた。だから光里が退院してからは脚の怪我を理由に毎日朝晩迎えに行くのをずっと楽しみにしていて。だからこそ、この役目だけは誰にも譲りたくなくて。今日はどんな服を着てるのかとか、他の職員さんと談笑してる光里の表情がかわいくて、いつか僕にもあんな笑顔を向けてくれる日が来ることとかを想像しながら一人でにやけてた。図書館から出てくる光里を見つけると、この歳にして恥ずかしいけど学生みたいに胸がキュンとして。でも……、リハビリに通う時の送迎は、凄く複雑だったよ。リハビリ担当が藤本だろう？　光里の初恋の相手って聞いてたし、今でも想ってるって言われたらどうしようって……。だから、プロポーズを断られた時は、きっとまだ藤本のことが好きなんだろうと思って、正直言って凄くへこんだ」

そうだったんだ。

そんな風に想ってくれていたんだ。

和範の想いに触れて、私たちはどれだけ回り道をしていたのかを思い知らされる。

全ては、勇気を出して会話をすればすぐに解決したのに。

「家のこと、光里に相談なく勝手に新居を構える話を進めていたのだって、いつ入籍を断られるか不安だったんだ……。脚の怪我で光里は卑屈になって、婚約もなかったことにしてしまうんじゃないかって。でも、僕は光里がどんなことになったとしても、気持ちが揺らぐことなんてない。もし歩けなくなったなら僕が光里の脚になる。光里の行きたいところへ僕が連れていって、ずっと一緒にいる。怪我のせいで僕のことを縛ってるなんてそんな悲観的な考えをして欲しくない。僕はむしろ、光里とこうしてずっと一緒にいられるだけで幸せなんだから。だから最悪、事実婚でも構わないと思ってたんだ。……でも、結婚式とか女性って大なり小なり憧れがあるんじゃないかと思ったら、それだけは僕が勝手に決める訳にいかない、いずれ光里とちゃんと話をしようって……だけど、話をしたくても、なかなかゆっくりと時間が取れなかったから、光里の思ってること、よかったら聞かせて」

和範が優しく私を諭すように話をした。

……そんな風に思ってくれていたんだ。

改めて和範の想いに触れて胸が熱くなった。

私は、和範にしがみついてその温もりを感じながら、ポツリポツリと口を開いた。

「私は……、脚がこんなだから、もしかしたら和範は杖を突いた歩けない花嫁なんていやなんじゃないかって思ってた。……さっきも、イルミネーションの前で、写真撮ってくれたでしょう？　あれも、本当は……、脚さえ悪くなければ一緒に撮りたかった。私は、事故でこんな脚になってしまったから、和範は罪悪感と義務感で私のそばにいるんだって、ずっと思っていたから。杖を見るたびに、和範の人生を壊してしまったんだと突き付けられているみたいで……。新居の話が、私を置き去りにして先行して、結婚式とかの話が全く出てこなかったから、和範は式なんてしたくないんだって思ったの。だから……」

しがみついた私の髪を撫でてくれている和範に、呟いた。

「もし、私のワガママを聞いてくれるなら……。結婚式は新婚旅行の旅先で、二人だけでひっそりと挙げたい。それから、新居はここがいい」

最後の私の一言に、和範は驚いたようだった。

「さっきも言ったように、怪我のことは光里の気にしすぎだし、それに僕は、僕の意思で光里といるんだよ。むしろ、怪我に付け込んだのは僕のほうだ。だからもうそんな風に考えるのはやめて。僕も灯里も、周りのみんなだってそんなこと誰も言ってないだろう？　だからそんなネガティブな考えは、金輪際口にしないって約束して。……で、新居のことだけど、本当にここでいいの？　光里の実家からも離れてるし、買い物や通勤にも不便なのに」

和範に諭されて、私は頷いた。脚の怪我は、これから先ずっと付き合わなければならないのだから、悲観的になっても仕方がないことだ。和範がこうしてそばにいてくれるのなら、前向きに受け入れられる。もしまた弱音を吐いてしまうことがあっても、きっとこうやって私を導いてくれる。

和範の言っていることは全てが事実だ。脚の怪我についても、新居についても。

ここを生活の拠点にするには、どこへ行くにも車がないと不便だ。

それにリフォームで色々と手を入れないと今の私では和範にいっぱい迷惑をかけてしまうだろう。

それでも、和範が生まれ育ったこの家で、二人で新しい生活を一から始めたいと思ってしまったのだ。

「うん。でも、もし車の免許を取っていいなら、今からでも教習所に通うし……」

「通わなくていい！　僕が送迎する」

私の言葉を即座に遮(さえぎ)られた。

「ごめん、大きな声出して驚いたよね。光里の面倒は、僕が全てみるから。だから、なにも心配しないで。買い物は、仕事帰りやお休みの日に一緒にすればいいいし、もし僕が迎えに行けない時は、光里は遠慮なく実家に戻ればいいいし」

和範は、一体どこまで私を過保護に扱えば気が済むのだろう。

私は和範の機嫌を損なわないように頷いた。

私の判断は正しかった。

和範は途端にご機嫌になる。

「じゃあ、この家を光里が生活しやすいようにリフォームしよう。この部屋は残すけれどいい?」

やはり和範も、この家に愛着があるのだろう。

そんな空間に私も一緒に居られることが、とても幸せだ。

私たちは見つめ合うと、どちらからともなくキスをした。

唇が重なるだけのかわいらしいものから始まり、気が付けば、あの夏の日のような深く、溺れてしまいそうになるほどに熱のこもったキスを交わしていた。

呼吸が苦しくなり口を開くと、そこから和範の温かくて柔らかい舌が侵入してきた。

和範の舌が、まるで別の生き物のように、意思を持っているかのように、私の咥内を激しく蹂躙する。

今までの優しいキスとはまるで違う。

そう、まさに肉食動物が生存を賭けて弱者を捕食するという表現がぴったりだ。

私はキスを受けながらも和範の豹変ぶりに驚きを隠せない。

ようやく唇が離れ、和範を見つめると、いつもの余裕ある表情はどこへ行ったのだろうと思うくらい、そこには瞳に野性の雄を彷彿させる熱を帯びた和範がいた。

「光里……。やっと僕のものになってくれた。今日の僕はきっと余裕なんてないから、優しくできないかもしれない。……いい？」

和範の言葉に、私は素直に頷いた。

知り合ってから十二年、初めて身体を重ねたあの日から、七年の歳月が流れている。

初めてを捧げたあの日から、他の誰にも肌を許していない私に、この熱情を受け止めることができるだろうか。

和範は、怪我のことも含めて私の全てを受け入れる覚悟をしてくれている。素直に甘えてもいいだろうか。

部屋は暖房の熱気とはまた別の熱気で暖められて、和範のキスで私の理性は呆気なく遠ざかっていく。ようやく心が通い合い交わしたキスは、それまでのキスとは全てにおいて全然違う。

それまでは、私は灯里の身代わりなんだと、陰で何度も切ない涙を流していた。

和範が私に掛けてくれていた言葉も素直に受け止めることができなくて、いつも卑屈になっていた。自分でも全然かわいげがないと思うのに、よくこんな私に愛想を尽かさずにずっと好きでいてくれたものだ。

和範以外の男性なんて私は知らないけれど、和範はどうだろう。

彼の今までの言動から考えて、彼も女性は私しか知らないと思いたいけれど、本当にそうだったらどんなに嬉しいことだろう。

和範を見つめていると、なぜ今までこの人の言葉を素直に信じられなかったのだろうと悔恨の念に囚われるが、彼も灯里のせいとは言え、私と藤本くんとの仲を誤解していたのだから、お互いさまなのかもしれない。

でも、これからは……

炬燵の中に脚を入れて温まりながら、私たちはキスを続けた。

ほんの少しでもお互いの身体が離れるのがいやだと言わんばかりに上半身を密着させて、炬燵の中ではもちろん和範が私の脚に自分の脚を絡ませる。

和範の全てが私の全てを包み込もうとしている。

私も同様に私の全てで和範を包み込む。

この時、和範の股間が硬くなり自己主張をしていることに気付いた。

私に欲情してくれていることを感じ、それだけで嬉しくて涙が再び溢れそうになる。

和範が私の唇を早急にこじ開けようとするので私も少し唇を開くと、そこから和範の舌がするりと侵入してきた。

舌で私の歯列をなぞるように舐めていき、そして舌先が絡み合う。

身体同様に、舌もまるで片時も離れたくないと言っているかのように絡まり合って離れない。

お互いがキスに夢中になり、リップ音と唾液が混ざり合う音が部屋に響き渡るのも気にならない。

私の口だけでは受け止められず溢れ出たお互いの唾液を、和範はすかさず啜り上げて飲み干した。

ようやくお互いの唇が離れると、和範は私を組み敷いて、私の服に手をかける。

畳の上にカーペットが敷かれた床は、横になると硬くて痛いけれど、今はそんなことすら気にならない。

和範が先ほど発した『余裕がない』の意味がわかった気がする。

私だって余裕がない。

この日を、この時が来るのを待っていたのだ。こうやって、お互いに気持ちを伝えあって心を通わせる日を、身体を重ね合う日をずっと……

それまでは過去の逢瀬を何度も夢に見たけれど、あの夢の中の私は灯里の身代わりだと思っていたから、現実にこうして私が光里であるときちんと認識した上で肌に触れてくれるのを待っていた。

和範が、最愛の人が、自分を求めてくれる。こんなに嬉しいことはない。

身体にどんな傷があろうがそんなことはものともしない和範の想いに触れて、私は頑なに閉じていた心を、身体を解き放つ。

和範が洋服を一枚ずつ脱がしていくと同時に、私が心に纏っている鎧も脱がせていくようだ。

それまで自分を律していたガチガチの鎧は、和範の愛が溢れるその手で、ゆっくりと取り払われていく。

私の身体を覆う上半身の下着まで取り払われると、彼は生唾を呑み込んだ。

そして、視線は私の胸に集中している。

私は恥ずかしくて炬燵の布団を引き上げて胸を隠す。

寒さと、自分だけ素肌でいることへの恥じらいもあった。

「このホクロを見ると、やっぱりあの日抱いたのは光里だったんだって実感が湧く……。あの日……、きちんと光里の名前を呼ばずに誤解をさせてごめん。光里、ここであの日のやり直しをさせてくれる？」

和範の言葉に、私はあの日のことを思い出す。

あの日、確かに言葉はなくとも和範は私を求めてくれた。

ここであの日のやり直しをすると言っても、どうするのだろう。

頷きながらも、その言葉が気になって仕方ない。

「光里、出会った時からずっと好きだった。会うたびに好きになっていって、光里とこんな風に触れ合えることが今でも信じられないよ」

和範はそう言うと、私の左手を取った。

まだそこには着けていないけれど、近い将来お揃いの指輪が光り輝く日がやってくる。

和範はその左手薬指の付け根にそっと唇を落とした。

「指輪も一緒に選びに行こう。光里が僕のものである証の指輪を……」

左手薬指にキスをしながら和範が上目遣いで私のことを見つめている。

その妖艶な眼差しに、その熱情に、私の身体は自然と動いていた。

私の右手が和範の首に伸びて彼の頭をギュッと抱き締めるのを合図に、彼はそれまで自制していた気持ちを解き放った。

私の胸に吸い付きながら、もどかしげに自分の洋服を取り払っていく。

お互い上半身だけ裸になると、和範は私に覆い被さってきた。

胸元にキスをされて、私は思わず声が漏れてしまう。

「んっ……、ふぁっ……、あ、……ああっ！」

私の声を聞いて、和範は赤い印を鎖骨から胸元へと徐々に散らしていく。

服の上からではわからなかったけれど、社会人になってからも相変わらず身体を鍛えているのだろうか。記憶の中の和範よりも、服を脱いで今目の前にいる和範のほうが、更に筋肉がついて引き締まった身体をしている。

「なにかあっても光里を抱き上げることができるくらいには鍛えてるから、安心していいよ」

私の視線に気付いた和範が、私が照れてしまうような言葉もさらりと口にしてくれる。

「光里、ちょっと寒いけど我慢できる？ ここじゃ背中が痛いから、隣の部屋に行こう」

和範はそう言うと、起き上がって和室の隣の部屋に続く襖（ふすま）を開けた。

そこには六畳の部屋があり、セミダブルのベッドが置かれていた。

「時々ここで寝泊まりしていたから布団も使えるし、部屋もすぐエアコンで暖まる」

そう言って、私と和範が先ほどまで着ていた服を持ち、隣の部屋に運ぶとエアコンのスイッチを入れた。

寝室の照明は、あの時のことを思い出したのだろう、常夜灯のオレンジ色が部屋をぼんやりと照らしている。

そして私の身体を起こし、優しくキスをしてくれる。

炬燵（こたつ）の中から脚を出すと、すかさず和範が私を抱き上げた。

「ね？　このくらいなら全然余裕だから、安心して僕を頼って」

日頃感じることのない浮遊感と、和範から伝わる肌のぬくもりに、私は思わず両腕を和範の首に回してギュッと力を入れた。

「……やばい、光里のことずっと抱き締めてたい」

ベッドの上にそっと下ろされたけれど、敷き毛布の肌触りの良さのおかげもあり、思っていたほどの寒さは感じなかった。

和範はズボンのポケットの中から財布を取り出し、その中から正方形のパッケージの連なりを取り出した。

「さっき一緒に買ってきて正解だった」

七年前に見た記憶の中のパッケージとはもちろん違うけれど、間違いなくそれは避妊具だった。

「……これはさっき僕が買ったけれど、前のは僕が買ったんじゃないよ」

多分私の視線の先を見て、七年前のことを思い出したと思ったのだろう。

七年前のアレは、じゃあどうしたんだろう。

「あれは、あの当時田中と加代子が付き合ってた頃に、田中に押し付けられたんだ。当時もだけど、光里と婚約するまで僕は誰とも付き合ったこともなかったし、必要ないと思っていたけど、あの頃田中がいざという時にあったほうが絶対いいって言い張るから。……実際にアレを使ったのも、あの時一回だけだし」

でも今回こうしてきちんと用意してくれたということは、今後も避妊具のお世話になる機会があると解釈してもいいだろうか。こうして私のことを求め続けてくれるのだろうか。

常夜灯の明かりのせいで私に覆い被さる和範の顔は逆光を受けてよく見えないけれど、話をしながらでもそろそろ余裕がなくなっていることに私も気付かない訳はない。

和範同様、私にももう余裕はなかった。

スカートのファスナーに手をかけて、お腹の締め付けが解放されると、部屋に漂うひんやりとした冷気で私の身体が震えた。

ストッキングも脱がされて、ショーツ一枚の私に、和範はそっと布団をかけると自分も下着まですべて脱ぎ、私の隣に滑り込む。

外気に触れた肌は、お互いに冷えてしまっている。

私は少しでも和範を温めようと、和範の身体に抱き着いた。

こんな大胆な行動、明るい場所では決してできない。

仄暗い部屋の明かりで布団の中で二人きりというシチュエーションでこそ為せる業だ。

一瞬和範の身体が固まるが、すぐに私を抱き返してくる。

「……光里、もう我慢の限界。いい？」

耳元に響く和範の声に熱がこもっている。

それに気付いた私は、躊躇うこともなく頷いていた。

途端に和範の私に触れる手付きが変わった。

和範が私に触れている箇所がなぜだろう、物凄くこそばゆいというか、ひどく敏感に感じている。

耳元で囁かれる言葉にすら、ゾクゾクする。

「光里、愛してる」

和範は私を見つめてはっきりと口にしてくれる。

あの七年前の初めての夜と違い、今回和範はきちんと私の名前を呼んでくれた。

名前を呼ばれる、ただそれだけのことなのに、それまでとは全然違う。ただそれだけで、私の心はこんなにも温かい気持ちで満たされる。

『愛してる』

この言葉をどれだけ待ち望んだことだろう。

先日ドライブ中に和範の車の中でうたた寝をしてしまった時に見た夢が、正夢となった瞬間だった。

今思えば、あれはやはり夢ではなく現実にキスしてくれていたのだろう。けれど、和範はなにも言わないので私もなにも聞かずにいよう。

「私も、ずっと和範のことを愛してる」

私の和範に対するこの気持ち、伝わるだろうか。

高校一年のあの日、自宅で初めて会話をしたあの日から、私はずっと和範だけを見つめていた。

他の人なんて目に入る隙もないくらい、ずっと私の心は和範に囚われていた。

そしてこれからもずっと、お互いがこの甘い鎖に繋がれたまま離れられなければいい。

和範もそうであって欲しいと願いながら、あの日のように私から和範にキスをした。

途端に和範は私を組み敷いて、その瞳に再び野性の雄を灯す。

「今のは光里が悪い。完全に僕を煽ったね？」

言葉の意味がわからないまま、私は和範の体重を身体で受け止めた。

和範は肘で体重を支えながらも私に跨ると、私の唇に、首筋に、鎖骨に、胸に、キスをしていく。

ちゅっとリップ音を立てたキスに始まり、じゅうっと吸い付くようなキス、食むような激しいキスや啄むような優しいキス。

私の身体の至るところにたくさんのキスの雨を降らせている。

そして七年前と同様に、服で隠れる箇所へ私の身体は自分のものだと言わんばかりに真っ赤な花を咲かせていく。

チリッと甘い痛みが和範のキスから私の肌に伝わる。もっと……、もっとつけて欲しい。私が、この身体が和範に愛されている証を、私の目に触れる場所にも、触れない箇所にも……

まるで私の身体全てが性感帯になったかのように、ほんの少しの刺激で敏感に反応する。

その反応を和範は一つ一つ確認しながら、少しずつ私の秘めたる部分に迫ってくる。片方の胸を舌でまるで飴玉のように転がしながら、反対側の胸の先端を指で弄り、空いた手で私の身体を優しく撫で上げていく。

和範の触れる箇所が、色付いていく。蕾がほころぶように花開いていく。私は和範の腕の中で蕾から大輪の花を咲かせるように変貌していく。

そしていよいよ、和範の手が最後まで残されていた私のショーツにかかった。

クロッチ部分は既に、私の蜜でしっとりと濡れている。

和範は胸への愛撫をそのままに、私のショーツを脱がそうとする。

私も腰を浮かせてその動作の手助けをすると、正真正銘、お互いが生まれたままの姿になった。

和範は掛け布団の中に身体を沈め、私の脚の間に身体を滑り込ませた。

私の左脚の付け根は、現在もリハビリを続けているけれど、事故の後遺症で上手く動かない。

私の肌に残る事故の傷痕やその後の手術痕は、毎日目にする私でさえ目を背けたくなるくらいに大きく残っている。これを見て、和範は引いたりしないだろうか。

でもそんな心配は杞憂に終わることとなる。

彼は傷痕なんて気にせず、むしろ愛おしげにそこを撫でた。

そしてそこに負荷がかからないように、和範は私の右脚をグイッと割る。

左脚も、気遣うようにそっと手を添えて割り開いた。

布団の中は真っ暗だし状況がよくわからないけれど、自分の濡れそぼった部分をきっと今、和範は凝視しているに違いない。

そう思うと途端に羞恥心から今さらながら顔が赤らみ、子宮の奥がキュンと疼く。

和範の顔が、私の切なくなる場所へと近づく。和範の息遣いが肌を伝った。

不意に私の左脚をそっとなでたかと思うと、そこに和範はキスを落とす。

触れる手が、唇が、とても繊細な動きで、冬の寒さで時折感じる痛みへの労りを感じた。

手術痕である傷痕にそっと手を這わせ、そこに口付けを落としてくれる。

和範に責任はないとはいえ、彼の乗っていた車が私の身体に残した傷の痕。

あの事故でこうして再会しなければ、今の私はいない。

そう思うと、再び涙が込み上げてくる。

私が鼻を啜る音に反応した和範が、布団を取り払い、私の顔を上目遣いで眺めている。

その妖艶な瞳に、私は涙を流しながらも笑みを浮かべて答えた。

「……和範にこんなに愛されて、嬉しいの」

途端、和範は私を抱き締めた。

「もうっ、これ以上煽らないで。ホントもう、僕もいっぱいいっぱいなんだから」

和範はそう言って、自分の熱い塊を私に見せた。

今にもお腹にくっつきそうなくらいに勃ち上がったそれは、赤黒くてはちきれんばかりに大きくなっている。

先端部分は本人の体液、俗に言う先走りで既に濡れており、常夜灯の光でも、テラテラと光っているのが見える。

「一回抜きたいけれど、光里を汚したくないから、もうゴム着けるね」

そう言うと、先ほど財布の中から取り出した避妊具を一つ切り離し、封を切った。

そして器用に自身に装着していく。

ゴム特有の臭いが鼻に付くものの、そんなことは今はどうでもいい。

エアコンの温風で、幾分か部屋の温度は上昇しているけれど、きっと今の私たちにそれは関係ない。

お互いの熱で、寒さなんてもう感じなかった。

私の秘めたる部分に再び和範が顔を埋めた。

そして今度は、太腿の内側にチクリと走る痛みと共に和範が自身の所有物であるという印をつけていく。

和範の唇の熱に、私の身体は敏感に反応する。

その反応の様子を見ながら和範は感じやすくなっている花びらを舌で掻き分けると、ようやくその奥にある芯にそっと触れた。

まるで全身に電流が走ったかのように、私の身体は跳ねた。

反応を確めるかのように、和範は何度も舌でそこを舐め上げ、都度私の身体はビクッと反応する。

和範から与えられる悦びに、私の身体は素直に反応している。

私は次第になにも考えられなくなっていく。

「あっ……、やっ…………、そ、そこ、い……、あっ……、ああっ！」

自分の口からあられもない声が上がっていた。

その声を聞いた和範が、もっと刺激を与えてくる。

溢れ出る蜜も、きっと凄いことになっているだろう。

和範は私の蜜を指で掬うと、これ見よがしに自分の口に持っていき、それを舐った。

「光里の味がする」

そう言って、妖艶に微笑んだ。その表情が、私の劣情を煽っている。

そしてまた顔を埋めると、今度は指で蜜穴を弄る。

与えられる快楽は、留まることを知らない。指先からの刺激と共に蜜穴から湧き出した私の蜜をくちゅくちゅとかき混ぜる淫猥な水音と、独特の匂いが部屋に広がる。

どれだけ和範に蕩かされただろう。

和範に触れられるたびに私の腰もひくついて、我慢もそろそろ限界だった。

「来て……」

無意識に呟いていた。二度目とは言え、こうして和範と身体を重ねるのは七年振りだ。

やはりあの時のような痛みを感じるのだろうか、それとも……

和範は、その先端を私の蜜穴に擦り付けた。私の蜜が潤滑油になるようにたっぷりと自身の昂りに擦り付けながらも、同時に私の花びらや芯を刺激することを忘れない。

セカンドバージンである私の身体に痛みを感じさせないように、快感を与えながら少しずつ、和範が徐々に腰を落として私の中に入ってくるのがわかる。

七年前のような激痛はないものの、やはりそれなりの痛みは感じる。

「……くっ……、きっつ……」

そう言いながらも、極力私の身体に負担をかけないように進めてくれる和範の優しさに、愛以外のなにがあるだろう。

最奥まで到達すると、和範は私に覆い被さり、そのまま動かずじっとしている。

蕩けながらも不思議に思っていると……

「光里、動かないで。ちょっとした刺激で、出そう」

和範は眉間にしわを寄せて、苦悶の表情を浮かべながら私をギュッと抱き締めて囁いた。その声に、私の鼓動はこれまで以上に大きく跳ね上がる。

こんな言葉を聞いたら、私も嬉しくて泣きたくなる。

私の涙腺はこんなにも緩かっただろうか。

思わず、私に覆い被さる和範の首に抱き着いた。

「だからね、光里。そうやって煽らないで、マジで出そうだから……。これでも一生懸命我慢してるんだよ？　なにせ僕も七年振りなんだから」

そう言って、私にキスをした。

和範の愛情表現は留まることを知らないのか、ただ単に私に余裕がないのか、私の身体に、心に、惜しみなく悦びを与えてくれる。

それはまるで、灼熱の中、干からびてしまった大地が、降り注ぐ雨で潤いを取り戻すかのように……

最初は全然足りなかった。

出会ってから十二年、初めて身体を繋げてから七年、事故で再会してから二年三ヶ月、愛はないと思っていたプロポーズをされてから一年と少し。

思いが重ならないと嘆き、和範の愛情に枯渇していた時間があまりにも長すぎて、もっと、もっと……、と和範を求めていた私も、和範とのこの秘め事で、和範から発せられる愛の言葉で、身体も心もこんなにも潤いを与えられる。和範の愛で、私の乾いた心が満たされていく。

七年振りの交わりはやはり痛みを伴ったけれど、その痛みすら、こんなにも愛おしい。和範と繋がっているその痛みは、いつの間にか甘い疼きに変わっていく。快楽に変わっていく。愛に変わっていく。

和範が私の身体の奥を突き上げるたびに、私の蜜口からちゅぷちゅぷと淫猥な水音が響き渡る。パンパンと肌と肌が打ち合う音に、私の理性は遠退いていく。

もはやエアコンは必要ないくらいに、私たちの肌はお互いに汗ばんでいる。熱を発している。

両脚を和範の肩に担ぎ上げられ、最奥に突き上げられた状態で、ぐりぐりと私に密着するように腰を擦り付けられて、私の敏感な部分が和範の肌に密着する。この感覚に私は子宮が収縮すると同時に目の前が真っ白になり、下半身の力が抜けそうになるくらいの快感が走った。

その瞬間、和範の昂りが私の中で大きくなったかと思うと、精を放ったのだろう、避妊具の膜越しに私にもその感覚が伝わった。

　和範は私に覆い被さり、私の胸に顔を埋めてしばらく動かなかったけれど、やがて溜息を吐きながら小さな声で呟いた。

「ごめん、光里のナカ、凄く気持ち良すぎて我慢できなかった。すぐ元気になるからもう一回、いい……？」

　上目遣いで私に二回目を申し入れる和範の表情が、まるで迷子になった大型犬のように見えて、とてもじゃないけれどいやだと断れる空気ではなかった。

　私自身も七年振りの行為だし、和範が求めてくれているという喜びを伝えたかったので、照れながら頷いた。

　和範は拒否されなかったことに気を良くしたのか、私の唇に濃厚なキスを一つ落とすと、私の中から一度出ていき素早く避妊具の付け替えを行った。取り外した避妊具の中には、和範の欲望の象徴である精液が大量に溜まっていた。それを和範は隠そうともせずに私の目の前で処理すると、妖艶に微笑んだ。

「一度出したから、次は長いよ」

　誰にも見せたくないような、色気たっぷりな表情でそう語る和範に、私はなんと答えればいいのだろう。

　液が零れないように口を縛りティッシュに包むと、和範は二つ目の避妊具を手早く自分の熱い塊に着け直し、私を見下ろした。

たった今、和範は私と一緒に達したのに、白濁した液をあんなにも放ったのに、和範のそれは先ほどと大きさが全然変わらない。

そして再び私の中に分け入ろうと私の両脚を割った。

達した直後の私の身体は、これまで以上に敏感に和範を感じている。先ほどは私が痛がらないようにゆっくりと侵入していたけれど、今度はじっくりと私の感触を確かめながら、私の蜜で充分なくらい潤っている蜜口に、いとも容易く自らの昂りを擦り付けて身を沈めている。

私の身体はとても敏感な状態で、和範の熱をもはや異物と捉えることはなく、ジワリと入ってくる熱を持つその塊をすっぽりと受け入れ、即座に締め付けた。私の身体は和範の形をすっかり覚えてしまったようだ。

再び和範による律動が始まった。その動きは緩急自在である。

私は身体を随分長い間揺さぶられつつ、和範から与えられる全身への愛撫によって再び快楽という名の海にこの身を放り出された。唯一縋りつくことができるのは、和範の身体だけだ。

「ああっ……、ああんっ……、……んん、はあっ……」

和範の宣言通り、本当に二回目は長くなりそうだ。和範が次に達するまでに、私は何度達すればいいのだろう。

全身が敏感になりすぎて、このままでは大きな快楽の波がやってくるとすぐに攫われてしまう。

その波に攫われないように必死で和範にしがみ付くが、和範の手は、唇は、容赦なく私のいいところをピンポイントで刺激する。

そして案の定、和範が二回目の欲を放つまでに、私は目の前が真っ白になる感覚を三度も味わった。

お互いの愛情を確かめ合ったあと、私たちはベッドの上に横たわり、たくさん話をした。

出会ってから今までの空白を埋めるかのように……

灯里によって掻き回された過去の出来事に、一つ一つ答え合わせをした。

どれだけ時間があっても話は尽きないけれど、和範と一緒にいるだけで満ち足りた気持ちになる。

母が用意してくれていたお泊まりセットを見てみると、明日の服だけでなくパジャマや替えの下着、スキンケア一式と、完璧に揃えられていた。

和範がお風呂の用意をしてくれていたので、ありがたく入らせてもらい、身体の芯まで温まる。

和範に身体を激しく求められたせいで、自分では移動ができなくて、和範が先ほどと同様に抱きかかえて浴室まで連れていってくれた。

身体と心が繋がったからといって、一緒にお風呂に入ろうと言わないのが和範の優しさだ。

湯船に浸かりながら、私は和範に愛されていることをようやく実感できた。お飾りの婚約者だと、灯里の身代わりであると思い込んでいた過去の自分に今の幸せを教えてあげたい。

お風呂から出て、身体が温まったおかげで少し疲労が取れたものの、やっぱり歩くのは無理で、浴室から和範を呼ぶと、すぐに駆けつけてくれた。そして抱き上げられて、先ほどの部屋へ戻っていく。

「お風呂でよく温まった？　さっきの毛布、少し濡れてたから予備の分に替えておいた。疲れたでしょう。せっかくお風呂で身体も温まったのにこのままじゃ冷えるし、先に布団に入ってて」

そう言って和範は私と入れ違いにお風呂に入った。

しばらくして和範が部屋に戻ってくると、一緒に布団の中に入って、再びたくさん話をした。

今度は私の身体を労(いたわ)って、ベッドの中では慣れない腕枕をしてくれ、反対の腕で私の身体を抱き締めている。

私は今、和範という名の幸せに包まれている。

眠りに就くその瞬間まで、私は和範にしがみついていた。

エピローグ

翌朝、いつものようにスマホのアラームで目が覚めると、目の前には和範の穏やかな寝顔があった。

時刻は六時、今日は私の仕事が午後からなのに、アラームを切るのをうっかり忘れていたので急いでアラームを止めた。和範はまだ眠っている。

遮光カーテンのせいで、部屋は真っ暗だけど、カーテンの隙間からもまだ空は暗いことが窺える。昨日の雪が夜中に積もっていたら少し早めに和範を起こさなければと思い、私はそっと身体を起こしカーテンをめくってみたけれど、暗くて外の景色は見えなかった。

私が動いたことで和範が目を覚ましていやしないかと、彼の顔を覗き込む。和範は穏やかな寝息を立てていた。

起こさなくてよかったとホッとしたのも束の間、私の気配を感じたのか、やはりどうやら目覚めてしまったようだ。もう少し無防備な寝顔を見ていたいと思っていただけに、ちょっと残念に思う。

寝起きの和範は、まだ寝ぼけているのかぼんやりとしていたけれど、不意に私のことをギュッと抱き締めた。私の存在を確かめるかのように……

七年前のあの日、和範が眠っている間に私はなにも言わず、書き置きもせずに帰ったので、もしかしたら昨夜のことも夢なのではと疑っていたようだ。

あの時はそうするしかないと思って、黙って逃げるように和範の部屋を後にしたけれど、今回はそんなことはしなくていいと、昨夜和範にいやというほど身体で教えられた。

昨夜も私が眠りに落ちるまで腕枕をしてくれていたけれど、最終的に私は和範の抱き枕状態で眠っていた。

「おはよう、光里」

身動きが取れない私に、和範は、飛び切り甘いキスを額に、頬に、唇に降らせる。

私は朝の挨拶さえ口にすることも叶わず唇を重ねられて、その熱に再び蕩(とろ)けさせられそうだ。このままだと昨夜の続きに突入する勢いだ。

キスをしながらパジャマのボタンを片手で外していく和範の器用さに驚きながらも、私はその手を阻もうとはしない。きっと和範は生理現象で朝一番元気になっているのだろう。知らなければそれで流せそうなのにこんな時、書籍で知った知識が頭をかすめてしまう。

できることならば、私も朝から和範に愛されているという実感を味わいたい。

でも……

「今何時？　……朝一番で、昨日の続き、したいんだけれど、光里的には、身体、大丈夫……？」

パジャマのボタンを全て外されて素肌を曝した私の胸にキスをしながら和範は問いかける。私が頷いたら即昨夜の続きが始まりそうだ。

縋るような眼差しを向けられて思わず絆されそうになるものの、ここで頷いていいものか考える。

できることならば、まだ時間も早いしもう少しこうして、二人でベッドの中でのんびりと微睡みたいけれど……

「六時を回ったところ。スマホのアラーム切ってなかったから起こしちゃったね、ごめんね。和範は今日も仕事でしょう？　私もそれに合わせて準備しなきゃだよね。室内用の杖も持ってきてないし……」

昨夜、母が用意してくれていたお泊まりセットの中身は、通常のお泊まりなら完璧な内容だった。でも私は障害者であり、杖が必需品だ。

屋外用の杖はいつも使っているものがあるから問題ないにしても、室内用のものがない。母もそこまで気付かなかったようだ。でもこれに関しては仕方がない。母はきっと、私たちがホテルに宿泊するものだと思って敢えて用意しなかったのかもしれないのだから。いざとなれば、今使っている杖の足回りを拭いて使えばいい。

「仕事は……、ああもう今日行きたくない。こうして光里とずっと一緒にいたい。でも実際問題そうも言ってられないしなぁ。ギリギリまで光里を堪能したいんだけど、ダメかな？」

和範はそう言うと、エアコンのスイッチを入れた。

私に向けられている和範の視線に、いつの間にか昨夜のような熱がこもっている。この状態で和範からのお誘いをお断りすることなんて、できる訳がない。

私は中途半端に脱がされたパジャマの上着の上に添えられた和範の手に自分の手を重ねると、そのまま肩までパジャマをずらした。その拍子に下着の肩紐も一緒に肩からずり落ちた。

刺すような冷気が、途端に私の肌の熱を奪っていく。

和範は私の身体に布団をかぶせると、自身も布団の中に潜りこみ私のブラジャーをずらした。そして昨日と同様にその胸の先端へと刺激を与え始める。

和範によって敏感に開発された私の身体は、見る見るうちにいやらしく乱れていく。

和範の指先で私の先端はすぐに硬くなる。その頂を和範は、まるでデザートを口にするかのように口に含むと、舌先で転がしていく。その舌の動きに私はあっという間に翻弄されてしまう。

反対側の胸も、和範の指先によってもたらされるちょっとした刺激にも私は敏感に反応する。

いつの間にか背中のホックも外されて、気が付けば上半身は裸になっていた。布団の中の和範は、保温性の高さも手伝ってじんわりと汗ばんでおり、その熱が次第に私にも伝わってくる。

布団の中で和範もいつの間にか上半身はパジャマを脱いでいた。脱いだものは布団の外に放り出されて床に散乱している。

時々私の太腿に感じる和範のモノが、私に欲情してくれていることを伝えてくれる。それを感じることで、私の下腹部はキュンとする。きっとまた、たくさんの蜜が溢れてくるだろう。和範の手が、私の下半身へと伸びると、パジャマと一緒にショーツも取り払った。案の定、私の秘めたる場所は既に蜜でしっとりと濡れていた。

和範も起き上がり、パジャマのズボンと下着を一緒に脱ぎ捨てると、私の下半身へと手を伸ばした。そして濡れ具合を確認する。

「光里、もう感じてくれてるんだね。嬉しい」

そう言って私の耳元に唇を寄せると、耳たぶを口に含んだ。そこを軽く吸われて私の身体が敏感に反応する。和範の唇は耳たぶから耳の裏を這っていく。服で隠れない場所に痕を付けたりはしないものの、見えるか見えないかの際どい場所に痕を残していく。

私は和範のされるがままに身を委ねている。

昨日に続き、どれだけ私は和範に愛されているのだろう。

「ねえ、さすがに見える場所はやめてね？」

私の声に、和範は答える。

「え？　見える場所に付けて欲しい？　……って、冗談だよ。そんなことはしないけど、もう光里は僕のものだからね。あ、そうだ、僕にもキスマークつけてみてよ」

突然の提案に、私はぎょっとした。いくら私が本を読んで耳年増……ならぬ目年増だからといって、知識として知っていたとしても、実際にやれと言われていきなりできるはずがない。というか、今まで読んだ本の中では簡単にしているシーンばかりで、実際のやり方なんてわからない。ましてやそんなことをしてはしたないと思われないだろうかという懸念もあった。

「僕も見える場所にあると、現場のおっちゃんや事務員さんたちに色々揶揄われちゃうから、見えないところにね」

和範はそう言うと、腕の付け根に近い鎖骨の下を指差した。

「ここなら服で隠れて見えないし、僕も一人になった時に見られるから、ここがいいな」

なんだか和範の声は弾んでおり楽しそうだ。

なにがそんなに楽しいのか私にはわからないけれど、和範は既に期待の眼差しを私に向けている。これは言うことを聞かなければならないだろう。

「どうやってすればいいの？」

こんなことも聞かなければならないなんて、恥ずかしくて私の顔は赤面する。そんな私に反して和範は余裕の表情だ。なんだか悔しい。

思わず上目遣いで和範を軽く睨んでしまうが、和範は笑顔を崩さない。

「簡単だよ。ここにまず唇をつけて、そう。そのままチュウっと吸い付いてみて？　思いっきりだよ？」

和範に言われるがまま、思いっきり吸い付いたけれど、どうも私はやり方が下手なのか、和範が私にするように綺麗な花を咲かせることはできなかった。薄らとは痕が残ったものの、これはすぐに消えてしまいそうだ。

「ごめん、上手くできない」

私の声のトーンがあきらかに落ちている。和範の期待通りの痕がつけられなくてなんだか悔しい。そんな私の様子を見て、和範は私の顔を上に向かせると唇にキスを落とした。

「もしかして初めてだった？　初めてでこれなら上等だよ。これからいっぱい練習してくれていいから。僕も昨夜見えないところにいっぱいつけたし。あ、でも結婚式挙げる時にキスマークがあるとさすがにまずいよね。その時は極力つけないように気を付けるけど、それまでは痕をつけさせてね」

和範の発言に、私は瞠目した。

結婚式——昨夜の話し合いまで一切そんな話が出なかっただけに、私は不安だった。昨日お互いの腹を割って話をして、和範も私に遠慮してその話に触れることはなかったと知って、嬉しかった。そして今、改めてその話が出ると思わなかっただけに驚いた。

それに、印なんてつけなくても私たちは婚約しているのだから、私は和範のものなのに、独占欲の塊のような発言に驚きを隠せない。

「年度末までは公共工事の件で忙しいからなかなか時間が取れないけど、四月に入ったら僕も仕事が落ち着くから、光里の希望通り、新婚旅行先で結婚式を挙げられる場所を探そう。行きたい場所ってある？」

和範の気持ちが嬉しくて、私は思わず感極まって涙が溢れそうになるのを必死でこらえた。

「行ってみたいのは、北海道の大草原が広がるところかな。でも、移動だけで大変そうだから、どこでもいいよ」

いつかテレビの映像で見た、大自然に囲まれた北海道の景色に一時期心を奪われていたけれど、移動を考えると色々と大変そうなので、ここはいつか、時間に余裕がある時に和範と一緒に観光旅行に訪れたい。

「どこでもいいなんて言わないで……それじゃあ、第一の候補を北海道で検討しよう？」

和範はそう言うと、再び私にキスをした。チュッと音を立てて、触れるだけのキスから、段々と口付けが深くなる。こんな大人のキスにまだ慣れなくて、呼吸が苦しくなり口を開くと、そこから和範の舌が挿し入れられる。和範の舌が私の咥内で私の歯並びを確認するようにゆっくりと歯列をなぞっている。私はその動きにどう反応すればいいのかわからなくて、和範の舌にそっと自分の舌を這わせると、和範は私の舌に自分の舌を絡みつけた。

そしてそのまま舌を絡ませながら、再び私の胸を弄り始める。

「んんっ……、ん、……ふぅ、んん……」

キスで唇が塞がれているので声を発することは難しいのに、それをわかった上でやっている和範は意地悪だと思う。でも和範から与えられる刺激は、私の身体を蕩けさせるには充分だった。既にキスだけでこんなにも気持ちがいいのに、更なる刺激で私の理性はあっという間に吹き飛んでしまう。

和範のキスを受けながら、私は和範の首に腕を巻き付けた。和範はそれに気付くと、自分の唾液を私の咥内へと送り込み、私の口の中は唾液で溢れそうになる。唇の端から零れてしまいそうになる唾液を和範は舌で舐め取るとじゅるじゅると音を立てて啜り上げた。

その音を聞いていると昨日の行為を思い出してしまい、途端に私は羞恥心から赤面してしまう。頬に熱がこもったことに気付いた和範は、チュッと音を立てて唇にキスをすると上半身を起こした。

「うん、いい眺め。明るかったら光里の姿がもっとはっきり見えるのに、それだけが残念」

和範のその言葉に、益々私は赤面する。和範が上半身を起こしたせいで、布団は剥がれて私は素肌をさらした状態になっている。まだ外は暗く、部屋も昨夜と同様に常夜灯だけの状態だ。

「もう、やだ。布団かけて」

私も起き上がって和範が剥がした布団で自分の上半身を隠そうとしたが今さらだ。和範の手がそれを阻止する。

「エアコンの風も温まってるし、寒くないからお布団はいらないでしょう？　それに、光里のここ、もう大変なことになってるよ」

和範はそう言うと、私の秘めたる部分へと指を沈めた。そこは和範の言う通り、既に蜜で濡れそぼって大変なことになっている。私の蜜穴が、敏感な部分が、和範の指を感じている。ほんの少しの刺激で私の身体は敏感に反応してしまう。昨日丹念に愛されたおかげで、私の身体は和範に触れられるだけでこんなにも歓喜している。

「あっ……」

思わず漏らした私の嬌声（きょうせい）に、和範が妖艶に微笑んだ。

「その声、もっと聞かせて」

和範の中のスイッチが入ったらしく、彼の手がとてもいやらしく私に触れる。先ほど中断していた私の胸の先端への愛撫を再び始めながら和範は、右手でヘッドボードに置いていた財布を手に取った。その中から避妊具を取り出すと財布を元の位置に戻し、それを無造作に私の横に置いた。正方形の連なりが視界に入る。

「時間的に一回で済ませないとヤバいよな……」

なにやら和範が呟いている。昨日の今日で、激しく求められると私も身体が持たないから、今回は一回で済ませて欲しいところだ。口には出せないけれど。

そんな私の考えをよそに、和範は私の横に置いた避妊具を手に取ると、その一つを切り離してパッケージを破り、自分の昂（たかぶ）りに装着する。パッケージのフィルムは、ベッド横に置かれているゴミ箱へ投げ入れた。昨日と同様に大きくそそり立ったそれを凝視するのはまだ恥ずかしいけれど、あれだけ大きくなったアレが私の中に入るのだから人体とは不思議なものだ。

改めて和範が私の太腿を両手で割り、私の濡れそぼった場所へと頭を埋める。そして一番敏感な部分へ唇を当てた。それだけで私の身体は電流が走ったかのように跳ねた。私の反応を確かめながら、和範は私の秘めたる部分を舌で舐める。その都度、私の身体は自分の意思に反して跳ね上がってしまう。

蜜穴にも指が挿し入れられており、私のいいところを探し当てると、そこに集中して指を動かされる。

私は気持ちよくて、理性を失いそうになるのをこらえるのに必死だった。

「声、我慢しなくていいんだよ。ここには僕しかいないんだから」

和範が私の耳元で囁いた。その言葉で私の理性は本当に吹き飛びそうになる。

「恥ずかしいことなんてなにもないよ。光里が僕で感じてくれる姿をもっと見せて。僕の腕の中でかわいい声をもっと聞かせて」

歯が浮くような甘い言葉を囁かれて、私は無我夢中で和範を求めた。と同時に和範も私と同じくらい、もしかしたら私以上に私のことを求めてくれている。気が付けば、私は和範の頭に両手で触れながら和範の舌がもっとピンポイントで私を刺激するように腰を動かしていた。

それに気付いた和範は、指と舌の動きを加速させる。蜜穴から湧き上がる蜜と、和範の唾液が混ざり合い、その滴がお尻を伝って敷き毛布を濡らしそうだ。

その様子をじっくりと見つめては妖艶な笑みを見せる和範に、恥ずかしいからやめて欲しいと言いたいけれど快楽の波が訪れている今、そんなことを口にする余裕なんてない。

昨夜に続き、今もこうやって身体を繋げる前には、和範にじっくりと私の恥ずかしい場所を凝視される。

「……ああっ……、……あんっ、……はぁぁっ……！」

ドロドロに蕩かされた私の身体は、早く和範が欲しくてたまらない。七年振りの行為だったにもかかわらずたった一晩で、私の身体はこんなにまでもいやらしく変貌を遂げてしまったのだ。どうやら和範はそれが嬉しいらしい。

「光里、見て。こんなに感じてくれてるんだね」

そう言うと和範は自分の指に蜜を絡めて掬い取り、私に見せつける。粘着力のありそうで透明なその液体は、和範の指から今にも滴り落ちそうだけれど、カーテンの隙間からこぼれる外の薄明かりに照らされてぬらぬらと光っている。

「美味しい。光里の味がする」

これ見よがしに和範は、私の目の前でその蜜がたっぷり付着した指を自分の口へ運ぶと、指に舌を這わせる。その動きを見ていると私の下腹部が熱くなり、子宮の奥が疼いてくる。

早く挿れて欲しい。私の本能が訴える。

私の表情を読んだ和範は、自身の昂りを私の蜜穴へとあてがうと、ゆっくり体重をかけながら腰を沈めた。先ほどまでの快感とはまた違う快感が押し寄せる。昨日までは圧迫感しか感じなかったのに、既に和範の形を私の身体は覚えてしまったようで、それは隙間なくぴったりと私の中に収まった。和範もしばらくじっとして動かない。

「ねえ、なんでこんなに光里の中は温かくて気持ちいいんだろうね？　朝からこんなに気持ちいいことしてたら、仕事行く気なんてなくなるよね」

目を閉じて、切なそうな声を出す和範は恍惚とした表情を浮かべている。私だって、できることならばこうしてずっと身体を繋げていたい。昨日の夜、十二年分の気持ちを伝えあったけれど、それだけではまだまだ足りない。

「でも、お仕事はきちんと行かなきゃ。私の送迎の件でかなり迷惑かけてるんだし、休むだなんてダメだよ」

そうだ。ただでさえ毎日私のために時間を作ってくれて、そのしわ寄せがずっと出ているのだから、これ以上和範の職場の人に迷惑を掛ける訳にはいかない。

本当は行って欲しくない。でもそれは口に出さなくても和範には伝わっているだろう。

「わかってるよ、言ってみただけ。そんな真面目な光里のことが大好きだよ」

和範はそう言うと、そっと腰を動かし始めた。その穏やかな動きに私の中で、蜜が和範の熱い塊にたっぷりと付着する。そのため、そこは痛みよりも快感を伝えてきた。

「はあ……っ、あっ……、気持ちぃい……」

私の口からは、淫らな言葉が吐息と共に溢れ出た。その言葉を和範が聞き逃すはずもなく、緩やかな動きから突然激しく腰を打ち付けた。それは私の中を深く突き上げてくる。肌と肌が打ち合う音と、蜜が溢れて和範の肉棒と擦れて発せられる淫猥な水音が部屋に響く。

エアコンの風向きのせいだろうか、私の蜜の匂いと和範の装着している避妊具のゴムの匂いが私の鼻孔を刺激する。私は横たわった状態だから視覚で和範との繋がりを確認できないけれど、匂いで和範との睦事を実感する。

「凄い、光里のここが僕を咥え込んでるみたいだ……」

和範の発する言葉にいちいち反応して赤面してしまう。仮に和範に繋がっている部分を見てごらんと言われたとしても、私は恥ずかしすぎて、きっと正視できないだろう。

「あ、そうだ。ねえ、光里、手を貸して？」

ベッドの上で繋がったまま、唐突に和範が言葉を発した。

咄嗟に意味がわからなくて固まってしまった私に、なにやら思い付いたと言わんばかりの表情だ。和範は私の右手を取ると、その指を自らの口に咥え込んだ。舌を絡めながら上目遣いで私のことを見てくる。

「これ、今、光里のここが僕にしてるのと同じだよ」

和範は私の左手を取ると、繋がっている部分へと導いて和範の肉棒に触れさせた。

「この体勢だと光里からはどんな状態か見えないよね。ここは今こんな感じになってるんだよ。わかる？　光里のここはこんな風に僕を締め付けてるんだ」

そう言いながら私の右手の人差し指に舌を絡ませたまま吸い上げる。そんな例え方をされて途端に恥ずかしくなった私は、無意識のうちに下半身に力を入れてしまい、どうやら和範を今以上に締め付けてしまったようだ。途端に和範がうっと声を漏らした。顔を見れば苦悶の表情を浮かべている。

「ごめん、ちょっと意地悪し過ぎたね……。お願いだからそんなに締め付けないで。うっかり出ちゃいそうだよ」

そう言って私の右手を口から離した。右手人差し指で和範の咥内(こうない)の感触が、舌の温もりが感じられていたのに、口の中から抜き出された途端、気化熱で指から熱が奪われていく。エアコンで少し部屋が暖まっているおかげでそこまで冷たく感じることはないものの、それでも不思議となんだか淋しく思う。

私は和範の左手を取ると、たった今私にしてくれていたように、和範の人差し指を自分の口へと運んだ。そして、和範の真似をして、ゆっくりと指に舌を絡ませながら舐め上げる。和範の指を自分の口に咥えたまま和範に目線を向けると、先ほどまでの余裕はどこへ行ってしまったのか、それまでの私を揶揄(からか)うような表情から一転して顔を赤らめ、再び苦悶の表情を浮かべた。

「ごめん光里、これもめっちゃ気持ちいい。このままだとホントもう無理。昨日みたいにまたすぐ出そう。また動くけど、いい？」

和範からの白旗宣言が飛び出したので、私はそっと自分の口から彼の指を抜いた。

「和範……、愛してる」

私のこの言葉を合図に、和範は私の腰に手を当てるとゆっくりと動き始めた。同時に私の腰に当てられた手が腰からお腹へ、お腹から胸の先端に這い上がってくる。

下半身から与えられる刺激に加え、硬くなった胸の先端に触れるか触れないかの刺激に過剰に反応してしまい、無意識のうちに私の腰も刺激から逃れようと動いた。でもこれは動けば動くほど逆効果で、自ら和範からの刺激を欲しがって、快楽のスイッチを探しているようだ。

「逃げちゃダメだよ。どこが気持ちいいか僕に教えて」

和範はそう言いながら私の手を再び掴むと、私の胸の上に置き、その上に自分の手を載せた。私の手がサンドウィッチ状態だ。一体なにが始まるのかと思ったら、そのまま手を揉み始めた。和範は、私自身の手で自分の胸を揉ませている。

「え？　ちょっと待っ……」

「自分が気持ちいいと感じる場所を触ってみて」

まさかの発言に、私の手は緊張のあまり力が入って動かない。それに気付いた和範は一旦自分の手を離すと私の指を先ほどのように咥えた。そして私の指に唾液をたっぷりと付着させると、濡れたままの私の指を私の胸の頂へと持っていき、その先端を擦る。和範から与えられる刺激と視覚から伝わる刺激で、私は思わず背中をのけぞらせて胸を突き出す形になった。

「あっ、ああっ……！」

和範は私の指を使って容赦なくコリコリと硬くなった先端を指で摘まんだり弾いたりと、新たな刺激を与えてくる。もちろん腰の動きも同時進行だからたまったものではない。敏感な箇所へ次々に与えられる刺激が、快楽という信号として脳から身体全体に伝わると、もうそれは全身に伝達される。和範が触れている箇所全てが性感帯のようで、どこが気持ちいいなんて聞かれても答えられない。

上半身と下半身、仮にどちらかだけに刺激を与えられているとしても、私はきっと恍惚の眼差しで和範を見つめて、もっと愛して欲しいとおねだりしているだろう。次第になにも考えられなくなって、私は目を閉じながら和範を感じていた。

いつの間にか和範の腰の動きが激しくなり、私の中を突き上げる肉棒の勢いが増していく。肌と肌を打ち付ける音と、蜜とゴムとお互いの汗が混じった匂いと、身体全体に走る快楽という名の電流に、私の意識が攫われそうになる。昨日経験した目の前が白くなるあの感覚が、もうすぐ訪れそうだ。

この時点でもう、私は自分でもどんな言葉を発していたかなんて覚えていない。ただひたすら、身体全体に伝わる快楽の波に溺（おぼ）れており、必死で和範の身体にしがみ付いてその時を迎えた。

和範も私の少しあとに達したようで、二人並んでベッドの上に横たわった。真冬なのにお互い汗をかいているのは、それだけ激しく求めあった証拠だ。和範は起き上がると部屋を後にし、再び戻ってきた時に、手にはタオルを握っていた。

「朝からがっついてごめん。汗拭くから、身体起こして」

そう言って私の身体を起こすと、背中の汗を拭ってくれた。

「気持ち悪かったらシャワー浴びる？　その間に昨日買った朝食出しておくよ」

和範の申し出をありがたく受けると、私はそのまま昨日と同じく抱き上げられて浴室まで連れていかれた。抱き上げられる浮遊感には未だ慣れない。思わず私は和範の首にしがみ付いていた。そうすると和範は役得だと言わんばかりに嬉しそうな表情を浮かべる。

「風邪ひかないように、ゆっくり温まって」

その言葉を残して和範は浴室を後にした。

私は和範が出ていったのを確認して浴室のドアを閉めると、髪にお湯がかからないようにシャワーのお湯で身体全身を洗い流し、ついでに洗顔も済ませた。脱衣所には先ほど脱がされた下着と和範のものと思われるトレーナーとジャージが置かれている。

　幸いにも今日は午後からの出勤だから、着替えはその時に済ませよう。私は和範が用意してくれていた服に袖を通すと、昨夜と同様にダイニングにいると思われる和範に声を掛けた。

　彼の妻としてこれから一緒に人生を歩んでいく覚悟を決めた今、私はもう遠慮なんてしない。和範にありのままの自分を見せよう、ワガママもいっぱい言おう。素直に甘えてみよう。

　昨夜に引き続いて今朝も求められた私の身体は、もう一歩も動けないくらい疲れているけれど、午前中横になって休んでいればなんとかなるだろう。午後からも歩けないくらいに疲労が残っていたら、今日はもう図書館はお休みしよう。まだ有給休暇はたくさん残っているし、今日は朝から他の司書さんも出勤しているから、体調不良だと連絡すればお休みを取っても問題ない。

たまにはこんなワガママも、許されるだろう。

　再び和範に抱きかかえられながらダイニングへ連れられると、そこにはすでに朝食の準備ができていた。和範がお湯を沸かしてコーヒーとお茶、どちらも飲めるように準備をしてくれている。テーブルの上に並べられたそれらを改めて見てみると、色々な種類のおにぎりにサンドウィッチ、菓子パンが用意されている。こうして改めて見ても、どうしたって二人で食べきれない量だ。一体これらをどうするつもりだろう。

「シャワーでさっぱりした？　なんか僕の服を着てる光里って、新鮮でいいね。そんな格好もかわいいよ。それはそうと、どれが食べたいかわからなかったし、昨日、光里はほとんど夕飯食べてないから好きなのをしっかり食べて。余ったらお昼に回そう。僕もお昼はここに帰ってくるから」

そう言ってダイニングの椅子を引いてそこに私を座らせると、目の前に色々と並べてくれる。

そんななにげない気遣いに、私の心がじんわりと温かくなる。和範に愛されていると改めて実感した。

「ありがとう。和範……、大好きだよ」

唐突な私の告白に、和範の顔が見る見るうちに赤く染まっていくのがわかった。

先ほどまでベッドの上で散々私を啼かせていた人の顔とは思えない。

そして和範は、照れながらも私の目を見つめて口を開く。

「光里……、愛してるよ」

これから、こんな愛に満ち溢れた朝が、きっと日常になる。

私は、あなたの人生の中で、ずっと一番好きな人で居られることが幸せです。

だから、この手を離さないでいてね。
あなたは、私の一番大切な人……

書き下ろし番外編

体重管理は楽じゃない
―マタニティライフ編

「滝沢さーん、滝沢光里さーん」

診察室の前で私の名前を呼ぶ看護師さんに、和範が反応した。

「さ、光里、立てる？」

相変わらず和範は、私に対してどこまでも過保護だ。

私は少し目立ってきたお腹をさすりながら和範に支えられて立ち上がり、杖を突きながら診察室の中へと一緒に入った。看護師さんはそんな私たちを笑顔で迎えてくれる。

「こんにちは、滝沢さん。その後体調はどうですか？」

パソコンに打ち込まれたデータを見ながら先生が私に質問をした。私は内心ドキドキしている。

「はい、最近ようやくつわりも落ち着いてきたので、楽になりました」

私の隣に腰を下ろす和範は、先生と私のやり取りを黙って聞いている。

現在二十一週目、妊娠六ヶ月だ。つわりがなかなか治まらなくて、もしかしたら出産するまでずっと気持ち悪いのが続くのではと不安だった。だけどようやく吐き気が治まった今、それまで食べられなかったのが不思議なくらい、何でも食べられる。

「それは良かった。でも……ちょっと体重の増え方が気になりますねぇ。このペースで体重が増えると、お産は大変ですよ。――じゃあ、エコーでお腹の赤ちゃんの様子を見てみましょうか」

椅子からベッドに移動して洋服をめくりあげ、お腹にジェルを塗られた。いくら空調が効いているとはいえ、ジェルはひんやりするのでお腹の上に塗られる瞬間、毎回身体が強張ってしまう。

先生がジェルを塗ったお腹の上にエコーを当てて、赤ちゃんの様子をチェックしている。

私と和範は、モニター画面に映し出されるお腹の子の画像を食い入るように見つめている。

「今日はご主人も一緒に来られているし、4Dの画像をつけてみましょうかね」

先生はそう言って手元で操作すると、それまでモノクロームだった画像から、うにょうにょと動く赤ちゃんの鮮明な画像に切り替わった。いつものモノクロームのものとは全然違い、とても見やすく身体の部位もわかりやすい。胎内の様子がこのようにわかるようになり、科学の進歩の素晴らしさを実感する。

「あ、今日は起きてますね。これが、腕です。こっちの動いてるのが脚。胎動は？　あ、まだ感じない？　もうそろそろ胎動も感じられると思いますよ……あ、お顔が見えましたよ」

先生は手元の機器を動かしながら、綺麗に顔が見えた瞬間を静止画で見せてくれた。

「今日は綺麗にお顔が見えましたね、お父さんがそばにいるからかな？」

先生の言葉に、和範も嬉しそうだ。その後も先生はじっくりとエコーで赤ちゃんの様子をチェックして、異状がないことを確認すると、モニター画面の電源を切った。

「今日の画像、家でも見ることができますからね。また次回、このＤＶＤを持ってきてくださいね」

先生はデータを記録したＤＶＤを看護師さんに手渡した。このように胎児の成長を毎回ＤＶＤに落とし込んでくれる。

別の看護師さんが私のお腹に塗られているジェルを拭き取ったあと、和範に手伝ってもらい身体を起こした。

「赤ちゃんは問題ありませんが、さっきも言ったように、お母さんはちょっと体重の増え方がね……、食事に気をつけてくださいね」

先生の言葉に、私は頷きながらも落ち込んだ。体重の増加について、充分身に覚えがあるからだ。

「はい、じゃあ今日は終わりです。もういいですよ」

看護師さんに促(うなが)されて診察室をあとにすると、待合室へ向かう。その足取りは、軽いとは言えない。

「だから言わんこっちゃない。あれだけ毎日コンビニスイーツを食べたら太るってば。よく胃もたれしないものだなって思ってたよ」

並んで座る待合室で、和範が私の耳元で囁(ささや)いた。しっかりと指を絡めて握られた右手には、和範の温もりを感じる。もちろんその手には、私とお揃(そろ)いのデザインの指輪が着けられている。

妊娠初期、つわりが酷くて何も食べられなかったせいで、その頃に体重が三キロ落ちた。ようやくつわりが落ち着き美味しく食べることができるようになると、今まで食べられなかった分も食べろ食べろとみんなに言われた。その言葉を鵜呑(うの)みにして食べたいだけ食べた結果、前回の健診から今回の健診までのたったの二週間で、妊娠前の体重に戻ってしまった。確かに二週間で三キロは増え過ぎだ。

「だって食べたかったんだもん……」

私も小声で返事をする。

つわりが落ち着いた時、和範と散歩途中で立ち寄ったコンビニで見つけたスイーツに目を奪われて、それから毎日、散歩の度に買ってはおやつとして口にしていた。たくさんの種類の中でも、生クリームがふんだんに使われている見るからにカロリーが高そうなそれらは、妊娠前なら絶対に一人では食べないものだった。それだけに、自分でも味覚の変化に驚きを隠せない。

和範も、最初のうちは食べられるものなら食べたらいいと、喜んで色々買ってきてくれていたけれど、そのうち本当に大丈夫かと何度も確認するようになった。

今こうして冷静に考えると、カロリーの塊をよくも平気でぺろりと食べていたものだと恐ろしくなる。

「確かに我慢はストレス溜まるよね……じゃあ今日は僕が光里のためになにかデザートを作るよ」

「え？　だ、大丈夫？　お料理できるの？」

「光里のためだもん、それは頑張るよ」

和範の発言に、私は驚きを隠せない。

「カロリーが低くて腹持ちするお菓子、一緒にあとでレシピ探そう」

和範の気持ちがとても嬉しい。私は笑顔で頷いた。

そのタイミングで私の番号が呼ばれた。私と和範は一緒に受付へと向かい、次回の予約を入れて診察料を払うと、病院をあとにした。

「んー、低カロリーで腹持ちがいいとなると、やっぱり豆腐ドーナツかな。砂糖の代わりに、きび砂糖、と……、メレンゲクッキー、かな」

車の中で、早速和範がレシピを検索し始める。独身の頃からこうして私のために色々と調べ物をしてくれる和範に、私は頭が上がらない。そして当の本人は、レシピを見ながら頭の中でお菓子作りのイメージトレーニングをしているようだ。

「お菓子作り、何なら灯里にレクチャーしてもらう？　お菓子は専門外だろうけど、多分私より手際もいいからそんなに時間もかからないと思うよ？　レシピもたくさん知ってるかも」

助手席でシートベルトがお腹を圧迫しないようにゆったりと装着しながら和範に声を掛けると、それは拒否された。

「いや、せっかくだから自分で作りたい。灯里も今日は仕事だろう？　邪魔したら悪いし」

そう言って、ゆっくりと車を走らせ向かった先は、いつも行くスーパーだ。

「一緒に材料を買いに行こう」

和範の言葉に、私は頷いた。

結婚してもうすぐ半年が経つ。新居である和範の祖父の家は、バレンタインのあとすぐにリフォーム工事に取りかかり、六月の入籍と同時に入居した。親戚を招いての食事会で小ぢんまりと結婚を報告すると、七月の夏休みに入る直前に北海道へ新婚旅行に行き、そこで赤ちゃんを授かった。

最近は、職場でもマタニティウェアを着ているせいで周囲からも妊婦さんとして見られるようになったものの、私自身が未だそれに慣れない。

和範は相変わらずの過保護っぷりを発揮して、こうして一緒に外出する時は、私のそばから片時も離れない。

職場への送り迎えも相変わらずで、同僚にいつも揶揄（からか）われている。でも和範のおかげで私が救われているのも事実だ。

脚の怪我のこともあるせいで、みんなが気遣ってくれるのがありがたいけど申し訳なく思う時もある。そんな時、決まって和範は言うのだ。

「甘えることも大事だよ。これからもっとお腹が大きくなるんだ。体重が増えたらその分、脚に負担が余計にかかるんだから、今からそれに慣れる練習しなきゃ」

和範の言葉に、いつも目から鱗（うろこ）が落ちる。自分ではそんなことないと思っていても、周囲から見れば、やはり心配なのだろう。私はその言葉を素直に受け取り和範に甘える。

「ね、ついでに日用品も一緒に買ってもいいかな?」

私の言葉に、和範がカートに手を伸ばす。

「うん、いいよ。しばらく買わなくていいようにまとめ買いして帰ろう」

私たちはスーパーの商品を一つ一つ指差しながら、買うか買わないかを話し合う。

そして食料品売り場に並ぶパック入りのケーキを立ち止まって眺める私に気づいた和範は、苦笑いをしている。さっき口を酸っぱくして体重管理の話をされた手前、これはさすがに買ってくれないだろう……

「光里、クリームよりも、果物にしない？　果物の方がビタミン取れるんじゃないかな？」

和範がさりげなく、私の気を逸らす。私はその言葉に笑顔で頷くと、和範と一緒にケーキ売り場の前を通り過ぎた。そして浮腫予防にいいと誰かに教わったのか、甘いスイカを買ってくれた。

季節外れだから、お値段もそれなりなのに、和範はそんなことは気にしていないようだ。

値段を気にする一方で、私はスイカは野菜なんだけどな、と内心で呟きながらも素直に喜んでいる。

こんなたわいもない日常デートがとても嬉しいし、和範がそばにいてくれるだけで、こんなにも毎日が楽しい。

帰宅して、買ってきた荷物を和範が家の中に運んでくれた。私はその中から食材を受け取りキッチンへと運ぶ。結構な量の買い物をしたので、二度三度と往復する。

重たいものを一度に運ぶと、お腹が張るから無理をするなと言われているので、それを守っている。和範は車から荷物を下ろし終えると、家の中に入って玄関の荷物を片づけてくれた。

「じゃあ、これからメレンゲクッキー作るよ。材料って卵と砂糖だけか……これ、砂糖、分量減らしてもいい？」

レシピを見ながら和範が私に質問する。服が汚れないようにと、いつの間にか私がいつも使っているエプロンを着けている姿がとても新鮮に映る。

「レシピのレビューになにか書かれてる？　減らしても問題ないならいいよ」

私は和範が冷蔵庫から卵を取り出している間に、食器棚の引き出しにしまっているハンドミキサーを取り出して、ダイニングテーブルの上に置いた。

「メレンゲを作るときは、電動の方がいいよ。短時間で済むし、綺麗にできるから」

私の助言に、和範はニヤリと笑う。その手には、調理用の泡立て器が握られている。

「これでやってみて、無理だったら使うよ」

絶対途中で音（ね）を上げるだろうと思いながらも、和範はなかなか頑固だから、素直に私の言葉を聞かないのはわかっている。

「そう？　じゃあ任せるね」

私はそう言うと椅子に腰を下ろした。きっと和範のことだ、手伝いなんてさせてくれないだろう。ヘルプを求められた時だけ手を出せばいい。

和範は鼻歌を歌いながら、メレンゲクッキー作りに取りかかっている。

けれど……

「……光里、やっぱりそれ使う」

和範が卵白をかき混ぜ始めてから約十分後。一向に泡立たない卵白に、ようやく白旗を上げた。

「ん、使い方わかる？」

「多分大丈夫」

私は攪拌（かくはん）するパーツを本体に取り付けて、プラグを差し込み和範に手渡した。スイッチを入れると、勢いよくハンドミキサーが回り始める。

「うわっ！」

ハンドミキサーの勢いが強すぎで、卵白がテーブルの上に跳ねた。

「後で拭くからいいよ、そのままかき混ぜて」

和範は私の言葉に素直に従い、真剣な表情でメレンゲを作る。数回に分けて砂糖を入れてはその都度かき混ぜて、ようやく綺麗なメレンゲが完成した。

「えっと、クッキングシートってある？　それの上にスプーンでメレンゲを落として焼くみたい」

言われたとおりにクッキングシートを敷くと、和範は真剣な表情でメレンゲを天板に落としている。

「あとは焼くだけ。上手く焼けるといいな」

そう言いながら和範は、自分が使った道具を綺麗に洗って片付けを始める。後始末まできちんとしてくれるのは本当にありがたい。

「焼き上がるまで、お茶でも飲もうか。光里はノンカフェインがいいんだよね？」

和範は電気ポットに水を注ぎスイッチを入れると、食器棚からルイボスティーの入った容器を取り出して、私のマグカップにセットしたあと、自分用にインスタントコーヒーを用意した。

「今度、カフェインレスのコーヒー買おうかな。私も和範と同じようにコーヒー飲みたい。さっきスーパーで買えばよかったな」

ポツリと呟いた私の言葉に、和範は頷く。

「じゃあ、明日の仕事帰りに買って帰るよ」

こうやって私のためにすぐに動いてくれるのが本当に嬉しい。

クッキーが焼き上がるまでの時間、二人でお茶を飲みながら過ごした。

そして、運命の瞬間——

キッチンには美味しそうな匂いが漂っている。オーブンが焼き上がりを知らせるアラームを鳴らすと同時に、和範がその取っ手に手を伸ばした。

和範は右手に鍋つかみを装着し、天板を手に取るとＩＨパネルの上に置いた。低温でじっくりと焼き上げているので、表面もかりっとしている。それこそ形はいびつだけど、初めての挑戦にしてはなかなかのものではないだろうか。

「熱いから気をつけて」

和範は、粗熱が取れたメレンゲクッキーを一つ摘まんで私の口へと運んでくる。あーんしてと言わんばかりの和範のこの仕草に、いつになったら慣れるだろう。私が口を開けると、その中に和範がクッキーを放り込んだ。和範の優しさと同じくらい優しい味が口いっぱいに広がった。サクッとした食感が病みつきになりそうだ。

「美味しい……」

お世辞抜きで、それは美味しかった。

「僕の愛情たっぷりだからね。お腹のこの子もきっと喜んでくれるよ」

そう言いながら私のお腹に優しく触れると、私たちの視線が合う。

「僕にも味見させて」

和範は味見を口実に私の唇にキスをする。

メレンゲクッキーは、泡のごとく私の口の中で溶けてしまってもうないのに、和範は重ねた唇を私の唇から離そうとしない。

「子供が生まれるまでは、こうして光里のこと独り占めさせてよ……」

メレンゲよりも甘い時間が、今から始まる。